I NARRATORI DELLE TAVOLE

ANGELA NANETTI

Il figlio prediletto

NERI POZZA EDITORE

Prima edizione, gennaio 2018
Quinta edizione, giugno 2018

© 2018 Neri Pozza Editore, Vicenza
ISBN 978-88-545-1499-7

Il nostro indirizzo internet è: www.neripozza.it

A Paolo
e alle nostre camminate londinesi
con molto rimpianto

Ai miei figli e ai miei nipoti

Alla mia grande famiglia

Si fermavano allo stazzo di Carminuccio, che era abbandonato da anni, da quando se n'era andato a Milano e aveva preso moglie. Una puttana dicevano, ma lui ci faceva la sua figura quando scendeva giù in paese. Solo d'estate e solo dieci giorni, per incontrare gli amici e passeggiare avanti e indietro lungo il corso appeso al braccio di quella che lo sopravanzava della testa. Della sua terra, che puzzava ancora di merda di capra, niente, diceva che non ne voleva più sapere. E cosa gliene poteva fottere di quei campi sassosi dove suo padre s'era torto la schiena, lui che c'aveva una pizzeria e un bar con il biliardo aperto fino alle quattro della notte e una moglie che gli uomini strabuzzavano gli occhi per guardarle il culo?

Non proprio allo stazzo si fermavano, ma più avanti, dove c'era la fontana che sgocciolava ancora un respiro d'acqua, e un fascio di quercioli a fare ombra di giorno a tanta aridità. Lì dietro, la macchina spariva, un po' ingoiata dall'ombra e un po' dai tronchi. E poi era quasi notte quando ci arrivavano, dopo l'allenamento e nello spogliatoio a tirare in lungo, più che per l'attesa del buio, per l'altro gioco che era incominciato sul campo fra le schermaglie della palla e continuava lì, sotto le docce aperte, nudi in mezzo agli altri, senza guardarsi mai ma sentendosi nella stessa acqua che li bagnava, ripassando con la mente l'uno il corpo dell'altro, le lunghe carezze del sapone sul petto e giù, fino al membro. E frenare il desiderio doloroso, rimandare la resurrezione, ascoltare, con la testa altrove, rispondere con parole diverse... e gioire dell'attesa e del loro segreto. Dopo. E il dopo arrivava dentro la vecchia Fiat del padre di Antonio, in quell'ombra nascosta, con il gocciolio dell'acqua e il grido di un uccello notturno che si mescolava al loro affanno e sembrava precedere la resa finale.

Si amavano da due mesi, e prima non lo sapevano. Così, all'improvviso, qualcosa aveva ceduto una sera mentre rientravano da una partita, e il fiume aveva preso un'altra direzione, facile e terribile. Due mesi di segreti e di gioie, di ansia non detta e di futuro cancellato, perché il presente era più forte di ogni cosa. E il presente aveva vent'anni e la forza del loro desiderio, anche quella sera, il 9 giugno 1970.

Antonio era sopra di lui coi pantaloni alle ginocchia, perché era tardi e non potevano spogliarsi. Antonio, amore mio. Quando il vetro era esploso e quella voce: «Fuori!» Fuori. Erano tre, incappucciati e armati. «Fuori!» Una rapina, ma non avevano niente. «Fuori, ricchjiuni futtuti!» Antonio aveva cercato di alzarsi i pantaloni, ma l'altro lo aveva colpito e lui era caduto a terra. «Arzati, ricchjiuni mpamu, ca chistu è sulu l'inizio!» Un colpo al centro, poi lo aveva costretto a rigirarsi e a strisciare sulle ginocchia. Antonio gemeva come un cane. Dio come gemeva! I colpi lo inseguivano, e lui inchiodato contro lo sportello a urlare la sua disperazione. Finalmente Antonio s'era fermato, a faccia ingiù e a braccia aperte, come un Cristo in croce. Ma ancora sussultava piano. L'altro l'aveva guardato e aveva alzato il fucile. «Chistu i t'imparu i chi parti ndai i stai!» Un colpo, e il dorso di Antonio s'era sollevato.

«Dai con quelle braccia, moretto, che ti vengono i pettorali!» gli diceva l'allenatore, e Antonio su e giù. Ma non così. Rideva Antonio e intanto sbirciava lui che gli stava accanto. Adesso c'era solo quella macchia scura sulla schiena, che gli portava via la vita. Antonio, amore mio.

«Jamunindi! Ccà finimmu».

I tre se ne erano andati, e lui era rimasto lì fino all'alba a vegliare Antonio che guardava il nulla con un occhio spalancato. L'altro non c'era più. Quando aveva fatto luce era arrivato suo fratello Sante col furgone della pescheria. «T'ho cercato dappertutto» gli aveva detto, e aveva guardato il corpo a terra senza una parola. «Monta!» Allora aveva capito.

Tre giorni dopo Nunzio Lo Cascio era sparito dal paese.

«E to frati aundi iu? O Nord, i faci fortuna? Eh, già, nu bravu cotraru! Peccatu!»

Di lui era rimasta solo la foto del campionato del '69 con tutta la squadra sul campo dopo la vittoria. Bella squadra, quella, e bei ragazzi.

«Certu ca quandu c'era to frati... Peccatu! E chigglju cu è? Antonio u figghjiu i Roccu u porcaru, chigglju chi mazzaru nta rapina?»

La foto stava sulla parete della pescheria, di fronte al banco del pesce e tutti entrando la potevano vedere. Nunzio Lo Cascio era quello a destra, vicino all'allenatore, un piede sulla palla, il più alto di tutti. «Beglju figghjiu». Davanti a lui un ragazzetto sorridente, riccio come una pecora. «Chigglju chi mazzaru nta rapina, amaru!» Stava lì dal giugno del '69 e lì rimase per anni, finché tutti se ne dimenticarono.

1.

Quando morì zio Nunzio, avevo otto anni e il funerale me lo ricordo ancora. Arrivò una macchina da fuori, nera e lucida con una scritta d'oro sul vetro, piena di fiori rossi e bianchi. Si fermò sulla piazza davanti alla chiesa e c'era tutto il paese ad aspettarla, anche il sindaco e la banda. Quattro uomini tirarono fuori una cassa e la presero sulle spalle, tutti vestiti di nero. Il resto non me lo ricordo, ma mi ricordo di preciso quando la calarono nella fossa, la banda che suonava e tanta gente attorno. Nonna Carmela vestita di nero che piangeva dentro un fazzoletto, e anche mio padre vestito di nero, e zio Rocco e zio Giuseppe. Ma non piangevano. Nessuno piangeva, solo la nonna. E c'era una ragazza bionda e alta vicino a mio padre, la moglie di zio Nunzio. Era venuta con la macchina, la cassa e i fiori, e anche lei era vestita di nero con un velo in testa. Nemmeno lei piangeva, solo la nonna, ma poi mio padre masticò qualcosa a voce bassa e lei tirò fuori un fazzoletto e si asciugò gli occhi. Però l'unica che piangeva veramente era nonna Carmela. E continuò a piangere e a portare i garofani bianchi e rossi a zio Nunzio tutte le settimane, finché riuscì a trascinare le gambe al cimitero.

NUNZIO LO CASCIO DI ANNI 34, SPERANZA
DEL CALCIO ITALIANO E ORGOGLIO DEL SUO PAESE.
RAPITO PREMATURAMENTE
ALL'AFFETTO DEI SUOI CARI
IL GIORNO 16 OTTOBRE 1985
NELLA CITTÀ DI LONDRA DA UN FATO CRUDELE.
LA FAMIGLIA IN LACRIME POSE.

Così diceva la lapide già pronta, con la foto dello zio e la scritta sotto quella del nonno. Ma le lacrime erano solo sulla lapide, e lì rimasero.

«Che cosa vuole dire "fato"?» chiesi a mia madre.

«Niente, non ci pensare».

Non ci pensare. A dire la verità a zio Nunzio non avevo pensato mai, perché nessuno in casa parlava di lui quand'era vivo, e nessuno andò mai a trovarlo al cimitero, solo nonna Carmela, che qualche volta portava anche me. La tomba di mio zio era quella di famiglia, costruita quando era morto mio nonno Ninuzzo Lo Cascio. Era davanti all'ingresso del cimitero e si vedeva da fuori il cancello anche a distanza: una pietra di marmo nero grande come mezza cucina nostra e sopra un vaso di ottone a forma di delfino che salta fuori dall'acqua e dietro un'altra pietra nera di marmo con le scritte in lettere dorate, una fiaccola dorata sempre accesa e le foto in cornice di ottone, quella di mio nonno Nunzio coi baffi e il berretto e quella di mio zio, in maglietta e calzoncini, che palleggia. Avrà avuto diciotto o vent'anni in quella foto, più o meno la mia età, ed era carino zio Nunzio, biondo e magro. Diverso dai Lo Cascio, che sono neri e pelosi.

Appena arrivate, nonna Carmela appoggiava i fiori sulla lapide e mi mandava a prendere l'acqua col secchio. La fontanella era al centro del cimitero, dopo la cappella del crocifisso, e lei aspettava che arrivassi lì e girassi l'angolo per incominciare il compianto. «Figghjiu meu amaru! Fiigghjiuuu!» La prima volta che lo sentii mi si gelò il sangue e il secchio mi cadde dalle mani, ma anche dopo, quel lamento che sembrava uscire dalle tombe s'infilava sotto il mio vestito, su su lungo la schiena fino alla radice dei capelli, e i peli si drizzavano, il cuore incominciava a martellare e io dovevo fermarmi e aspettare. Perché sapevo che quell'urlo durava poco, il tempo di riempire il cimitero e di farsi sentire dai vivi e dai morti, poi il silenzio.

Quando tornavo da lei col secchio che traboccava, la

trovavo intenta a lucidare il marmo come faceva a casa col pavimento o a sistemare i fiori freschi nel vaso. «Va a buttare sta fetenzia» mi ordinava «che qui ci voglio il meglio del meglio». Poi incominciava a parlare con zio Nunzio: «Che quando te ne andasti me l'avevi promesso di tornare, ma non così, figlio mio bello... Che tutti eravamo contenti che t'eri fatto così importante, e le tue lettere le tenevo come una reliquia. Anche se i tuoi fratelli, e Santino soprattutto... Ma chigglju è tali e quali so patri... tali e quali...»

Mentre mi allontanavo, mi seguivano i suoi sospiri e mozziconi di frasi, alcune delle quali vagamente minacciose e oscure, come quella su mio padre tale e quale il nonno Ninuzzo. Che voleva dire? Era una cosa bella o brutta? Il nonno era morto quando avevo tre anni, e di lui non avevo nessun ricordo, ma di mio padre allora ero innamorata.

«A figghjia i Santinu» mi chiamavano in paese, non Annina, e io ero orgogliosa di lui e di come tutti lo rispettavano, anche il sindaco e il vigile, che non gli faceva mai la multa. E alla processione del patrono era lui a portare lo stendardo, perché faceva l'offerta più grande, e io gli camminavo accanto. La figlia di Santino. «Peccatu, sulu na fimmina ndeppi! Ma i stoffa bona, guarda chi occhji!» Dunque, era una cosa bella o brutta? Alla nonna non avevo il coraggio di fare domande, perché era una donna dai modi bruschi che parlava solo quando ne aveva voglia, il resto era silenzio. Mia madre ne era intimorita, ma con me era affettuosa a modo suo e mi raccontava storie di morti e di fantasmi, specie quando tornavamo dal cimitero, o m'insegnava a lavorare all'uncinetto e a fare il pane. Diceva che una donna se non faceva il pane non era donna, ma solo femmina e, dopo che ebbe visto la moglie di zio Nunzio, aggiungeva sempre «come quella là».

La moglie di zio Nunzio si fermò in paese tre giorni in tutto e nonna Carmela in quei tre giorni rimase chiusa in casa, perché sosteneva che «quella le aveva rubato il figlio con una fattura» e non voleva vederla. Alloggiava alla locanda di Zi' Venanzio, e solo mio padre andò a trovarla, a noi l'aveva proibito.

«Ma parla l'italiano? Capisci qualcosa?» gli chiese mia madre.

«Un poco» rispose lui asciutto.

«Potevamo invitarla almeno una volta… Il paese mormora…»

Mio padre la fulminò con un'occhiata.

«E cos'hanno da dire? Che mio fratello s'è preso una straniera? Chi volivanu, ch'era nu ricchiuni?» La sua risata la ricordo ancora, un ringhio, tant'era aspra, poi sospirò: «È per rispetto a mia madre che non può venire, per lei è una puttana».

Tre giorni, e la straniera bionda, che si chiamava Eleonor, partì una mattina su un taxi venuto dalla costa e di lei non sapemmo più niente.

La nonna allora uscì di casa e si diede da fare per preparare la chiesetta delle Anime Sante di cui era custode. Questa chiesetta era in fondo al paese, attaccata alla sua casa, e si apriva solo per le feste dei Morti. Lei la teneva come un gioiello e niente la rendeva più orgogliosa dell'aprirla in quella circostanza, col reliquiario in bella vista che brillava come oro, i lumini accesi anche sopra le panche che scolavano cera, e lei, in nero e con un cestino tra le mani, a ricevere le offerte dei visitatori dopo la novena. Quell'anno del funerale dello zio Nunzio il lutto era, se possibile, ancora più stretto, tanto che mi pareva che sotto il velo nero anche i capelli e la faccia le si fossero scuriti.

«Condoglianze, Carmela» qualcuno le diceva.

«Poviru figghjiu meu!» rispondeva e portava il fazzoletto alla bocca. Ma piangere non piangeva, solo al cimitero. Quando tornavo, dopo avere buttato i fiori vecchi, lei si asciugava rapidamente gli occhi col fazzoletto che teneva nella tasca del grembiule, l'unica cosa bianca che avesse addosso, poi buttava l'acqua rimasta nel secchio sulla pietra nera finché non ne era coperta e luccicava. Un paio di sospiri profondi e mi prendeva per mano: voleva dire che ce ne potevamo andare. Al nonno appena un'occhiata. Solo se qualcuno era nelle vicinanze una rapida carezza alla fotografia, tanto che pareva che, da quando zio Nunzio era tornato, avesse smesso di essere vedova e si considerasse unicamente «madre sventurata» come si definiva.

Prima di uscire, però, non mancava mai un giro tra le tombe a cercare i nuovi arrivati, a salutare i vecchi conoscenti, ma soprattutto a controllare che non ce ne fosse qualcuna più lucida, più ordinata, più importante di quella dei Lo Cascio. Eh, anche al cimitero bisognava distinguersi! Anzi, soprattutto lì, perché «questo è il posto dove ci vai per rimanere e se ci hai una tomba tua nessuno ti può cacciare. Perciò bisogna presentarsi bene, che non ti possano dire che nessuno ti ricorda, che stai peggio di un cane. Guarda quel meschino! E quella!» E mentre indica qua e là le tombe senza fiori o trascurate, si voltava a guardare la lapide nera, unica di quel colore in mezzo al bianco e al grigio della pietra, e approvava soddisfatta. Nonna Carmela. Con lei sono andata al cimitero fino ai tredici anni, poi arrivarono quelli del teatro e incominciarono le liti.

«Sei qui finalmente!» mi dice seria dalla sua cornice dorata. «E che ci voleva, u Santantoniu forzi?»

«L'ho saputo solo dopo il funerale...»

«Un funerale con due preti e la banda!» L'aria adesso sembra soddisfatta. «Uno è venuto pure da Crotone. L'ha voluto tuo padre così, e c'era tutto il paese, solo te mancavi. E il povero figghjiu mio...»

Non rispondo e mi guardo attorno: il cimitero è cambiato, ci sono anche un paio di cappelle di mattoni e una di marmo bianco.

«Rinuccio La Carona» ringhia. «Che se ne andò in Germania con le pezze nel culo e qui s'è fatto il palazzo. U mundu si rovesciau. Ssettati!» ordina.

2.

Dormì per quasi tutto il viaggio, oltre due giorni. Più che un sonno un deliquio, dal quale si svegliava sussultando, talvolta con un grido.

«Ehi, ragazzo, chi facisti? Ti senti mali?»

Nello scompartimento alla partenza da Reggio erano in cinque, tre calabresi e un vecchio siciliano con la pelle così cotta dal sole che sembrava la creta di un fiume in secca. Era lui che ogni tanto si alzava dal sedile e lo toccava. «Ti senti mali?» L'unico che lo avesse salutato quand'era entrato e gli avesse chiesto il nome.

«Nunzio».

«Nunzio. E dove vai?»

«A Londra».

«Io a Milano, da mio figlio. Gli porto un po' di roba buona di casa nostra» e indicava lo scatolone legato con gli spaghi che ingombrava il corridoio. «Londra è lontana per uno così giovane, che ci vai a fare? Fermati a Milano, a Milano si sta bene. Si non fussi accussì vecchu, a Milano ci vorrei vivere».

«Lo dici perché non ci stai. Vieni a fare i turni di notte come noi e ti passano meno fesserie per la testa» rispose uno dei calabresi guardandolo storto. Aveva appena lasciato una moglie o una fidanzata in lacrime e se ne stava con gli altri due nel corridoio, fumando nervosamente.

Il vecchio non si diede per vinto: «E all'occhu, chi ti facisti all'occhu?»

Non rispose. Se ne stava nell'angolo vicino al finestrino, avvoltolato in un maglione scuro, la testa appoggiata al vetro. Quando sentì la domanda si tirò su la maglia e si coprì.

«E fallu campari! Non ci rruppiri i cugghjiuni!» sbottò il calabrese.

Nunzio gli fu grato. Ma era grato anche al vecchio che si interessava a lui, che mostrava gli stessi anni di suo padre e aveva gli stessi capelli bianchi.

«Ti senti mali? Chi ci hai?»

Non poteva rispondere, gli veniva voglia di piangere. Il vecchio non era come suo padre e i suoi fratelli: «Chi fu? Dicci chi fu per primo? Igglju, u figghjiu du porcaru, niru veru?» e lo picchiava, Ninuzzo Lo Cascio la carogna, come faceva talvolta con sua madre, quando non sapeva con chi prendersela, o coi suoi fratelli. Lui no, non l'aveva mai picchiato, e più del dolore fu l'umiliazione d'essere in ginocchio e nudo davanti a loro a piegarlo. Finì per confessare: sì, era stato Antonio, ricchjiuni mpamu, a traviarlo. Antonio, che aveva lasciato all'alba su quel prato vicino alla fonte con la faccia sfracellata. Antonio, amore mio. E l'avevano trovato dopo due giorni, tuttu mangiatu di cani! Il padre e Santino l'avevano condotto alla vecchia masseria, alla madre avevano detto di una trasferta fuori, e lì era rimasto per due giorni, nudo e legato. Finì per confessare e per giurare che mai più, mai più, e non se lo perdonò mai.

Quando tornò a casa, lavato e ripulito, la madre si lasciò sfuggire un grido: «Figlio mio, che t'è successo?»

«Sono caduto, non è niente».

Poi la notizia che il giorno dopo sarebbe partito.

«Come partito? E dove? Perché non so niente?»

«E che vuoi sapere tu?» le disse il padre. «Va in Inghilterra, a Bedford, l'hanno chiamato per un ingaggio».

«A Bedford? Aundi esti stu postu?»

Mai aveva visto sua madre così smarrita e fragile. Le toglievano l'ultimo figlio, u picciriru i casa, quello che le era costato lacrime partorire, che aveva tirato su con l'amore dei suoi quarant'anni stanchi.

«È un posto bello, vicino a Londra. L'hanno chiamato» ripeté il padre, e lo guardò.

Lui capì: «Sì, mamma, ci sto un poco d'anni e torno. L'ha detto anche il mister che mi conviene, che là farò carriera».

Carmela piegò la testa.

«Ma ci ritorni a casa per Natale, vero?»

Era giugno adesso, e a Natale non mancava molto. Le bastava questo per respirare.

«Sì, mamma, a Natale torno» anche se sapeva che non sarebbe tornato più.

Il giorno dopo Santino e il padre lo accompagnarono alla stazione.

«Il treno va diretto a Londra, così m'hanno spiegato. Arrivi qui» e gli mostrò un biglietto «e c'è uno con un cartello che ci ha scritto il tuo nome che ti aspetta. Si chiama Vincenzo, è un buon compare». Gli diede i documenti: «Duecento carte mi costarono», e suo fratello lo aiutò a caricare la valigia e la sacca che la madre gli aveva preparato. «Quell'occhio...» gli disse il padre all'ultimo momento, e allungò la mano.

Lui si tirò indietro e salì in fretta senza voltarsi. Si ficcò nell'angolo, finché non arrivò l'addetto a sistemare le cuccette, allora s'arrampicò sulla più alta e lì rimase.

A Milano i calabresi e il vecchio scesero.

«Mangia qualcosa, prendi, ca a tuttu c'è rimediu» e gli lasciò un pezzo di formaggio con del pane.

Il vecchio sembrava avere capito che il mondo gli aveva mostrato all'improvviso la faccia più feroce, quella di un padre e due fratelli che gli avevano spezzato le ossa a una a una. E niente dentro di lui teneva più: non la fiducia negli uomini, non la speranza di futuro, nemmeno la sua identità. Di Nunzio Lo Cascio era rimasto solo un mucchio di carne dolorante, che chiedeva di non avere ricordi né pensieri. Dormire, solo questo voleva.

«Allora buon viaggio» gli disse il vecchio lasciando lo scompartimento coi suoi pacchi.

Mugugnò un grazie.

Poco dopo arrivarono i nuovi passeggeri, gente carica di roba e di povere valigie come quella che era scesa: erano gli emigranti che andavano in Svizzera e in Francia, o in Belgio. Era un treno democratico, quello, che non voleva fare torto a nessuno, un po' qua e un po' là. Le braccia erano tante, andavano distribuite con criterio. Entrò una famigliola, quattro, carichi di bagagli e fu costretto a scendere. La cuccetta fu richiusa e lui si rintanò nell'angolo.

Quando andò in bagno per i suoi bisogni non si riconobbe: l'occhio cerchiato di un viola verdastro, la barba che spuntava a ciuffi sul mento e sulle guance, i capelli ispidi che gli davano un'aria stralunata e folle. Si ricordò di un gufo che una volta, quando Antonio aveva acceso i fari, era stato abbagliato dalla luce. Era su un ramo basso e lì era rimasto, immobile, con gli occhi tondi spalancati. Antonio era scoppiato a ridere. Quanto aveva riso Antonio!

«Ha la faccia di mio padre quando s'alza la notte per andare a vedere la scrofa che deve figliare!» Poi s'era girato verso di lui e gli aveva scompigliato i capelli: «Fammi vedere tu che faccia avresti! No, non gli assomigli, sei troppo carino…» e lo aveva baciato. Dopo s'era sporto dal finestrino, aveva battuto le mani e il gufo era volato via.

Antonio. La nausea lo assalì, fortissima, erano due giorni che non mangiava e barcollando tornò allo scompartimento. I nuovi arrivati lo guardarono con curiosità ma non dissero niente. Nessuno parlava. Sentì nostalgia del vecchio siciliano e delle sue domande, prese il pezzo di pane e il formaggio che gli aveva lasciato e incominciò a sbocconcellare. Dopo un po' si accorse che aveva finito tutto e stava meglio, allora si coprì la testa con la maglia e si rimise a dormire.

Non si accorse di quante volte il treno s'era fermato né di quando e dove i quattro erano scesi: per lui quel viaggio fu una specie di annegamento, una perdita quasi totale di coscienza. La sera, quando arrivò l'addetto alle cuccette, si rese conto di essere solo e al mattino alle sei fu svegliato da uno sbatter di sportelli e da qualcuno che gridava in una lingua sconosciuta. L'unica parola che capì fu «Calais». Si affacciò al finestrino e vide i passeggeri che scendevano dal treno e si affrettavano verso un traghetto.

«*Vite, vite!*»

Allora all'improvviso si riscosse, prese la sacca e la valigia e si mise a correre dietro gli altri. Per un momento si sentì quasi a casa, era un traghetto, era Villa San Giovanni e di là la Sicilia. L'illusione durò poco: l'acqua della Manica era livida e la costa di Dover nascosta dai vapori fitti del mattino. Del sole nessuna traccia. Quando salì sul ponte superiore del grande *ferry* e vide la banchina allontanarsi avvertì dentro di sé uno strappo e la solitudine lo aggredì allo stomaco al punto da piegarlo. Rientrò e andò alla ricerca di una bevanda calda, un caffè fumante, quello che prendevano sul traghetto delle otto quando andavano a giocare in uno dei paesi della costa siciliana. Caffè caldo e due arancini.

«*You must change*» gli disse il ragazzo che stava al banco. Lui alzò le spalle e sorrise. «*You need money*» gli disse ancora, rifiutando la carta da cento lire che gli aveva dato. «*English money*».

Allora capì e arrossì d'imbarazzo. Come poteva essere tanto stupido! Ma non aveva avuto tempo per il cambio, anzi, non ci aveva pensato. Tutto era accaduto così in fretta: tre giorni prima l'allenamento e Antonio che rideva sotto la doccia mordendo l'acqua e guardandolo, e adesso qui... Non ci devo pensare, non ci devo pensare...

Si sedette a un tavolino e si strinse la testa tra le mani, i ricordi evocati cominciavano ad affiorare... Antonio che diceva: «Andiamo al mare domani? Conosco un posto dove non c'è nessuno... Mi faccio prestare la macchina...» Poi il colpo sul vetro e quella voce: «Fuori!» E dopo... I ricordi adesso erano una poltiglia di terra impastata di rosso, ce l'aveva in bocca, scricchiolava tra i denti, gli colava sul mento. Aveva l'odore che saliva dalla tonnara durante la mattanza.

Si alzò di scatto rovesciando la sedia e corse fuori, si sporse dal parapetto e vomitò l'anima.

Quando tornò dentro barcollando, il ragazzo del bar lo aspettava accanto al tavolino con un bicchiere fumante. «*Take it*» gli disse porgendoglielo.

«Non posso, non ho soldi».

«*No problem, take it!*» e gli sorrise.

Era alto e grosso, un tatuaggio sul braccio e i capelli quasi alle spalle. Nunzio prese il bicchiere, lo ringraziò e si sedette. Poi incominciò a bere e mentre quel liquido gli scendeva dentro, così diverso dal breve sorso del caffè mattutino di casa sua, concentrato di forza e di allegria come il sole delle sette verso il mare, sentì che qualcosa in lui lentamente cedeva. Non il dolore, ma la sua grande e inutile fatica.

Piangeva Nunzio Lo Cascio, bevendo un *english coffee* e guardando il vuoto, e intanto dava addio per sempre all'Italia ed entrava, tra le nebbie di Dover, nella sua nuova patria.

3.

Il mio paese sta sulla collina e guarda il mare Ionio, è brutto come tanti paesi delle parti nostre, ma fino ai tredici anni mi è sembrato bello. Fino ai tredici anni ho creduto che mio padre campasse la famiglia vendendo il pesce dalla costa all'Aspromonte e che non pagasse le multe perché era amico del vigile. Fino ai tredici anni ero convinta che mi tenesse chiusa in casa per il mio bene e che «agli uomini tocca comandare e alle donne ubbidire», come diceva nonna Carmela.

Dopo i tredici anni mi sono accorta dei muri sbrecciati e dei ferri arrugginiti sotto i balconi, del soffitto della chiesa madre senza più l'intonaco e dell'acqua che portava il fango dentro la scuola a ogni pioggia. Anche di come era corta la strada principale del paese per passeggiare con le amiche e che dopo pochi metri bisognava rigirarsi e andare su e giù. Nemmeno sulla piazza ci si poteva fermare, perché sulle tre panchine c'erano i vecchi, sempre, estate e inverno. E se ti affacciavi alla terrazza, subito i ragazzi in motorino ti ronzavano attorno e i vecchi ti guardavano le gambe e il culo e mio padre spuntava da qualche parte: «Annina!»

Dopo i tredici anni ho scoperto che mio padre non pagava le multe perché era amico del sindaco e che le case e i terreni nostri non puzzavano di pesce e di sudore, ma d'altro. Dopo i tredici anni ho capito che preferivo fare la fine di zio Nunzio che quella di mia madre ed essere una «pputtana» di teatro piuttosto che la «pputtana» di un uomo. Dopo i tredici anni, per essere precisi a tredici anni dieci mesi e cinque giorni, ho incontrato Sandro, Concetta e Margherita, e di lì è incominciata la mia storia.

C'era stato un festival di teatro quell'anno sulla costa,

a Locri, e da fuori erano arrivati in tanti. Ma noi non ne sapemmo niente, noi passavamo l'estate nella masseria in campagna, dove mia madre preparava i fichi e i pomodori sulle stuoie e nonna Carmela teneva d'occhio gli operai. Qualche volta la domenica mio padre ci portava al mare, io e mia madre sulla spiaggia sotto un ombrellone affittato e lui in giro, a stringere mani e a salutare amici. Perché di amici ne aveva tanti mio padre, e soprattutto alle sagre sull'Aspromonte, dove non mancavamo mai. Quand'ero bambina lo accompagnavo spesso, ma da quando m'erano spuntate le tette nonna Carmela aveva detto che gli occhi miei erano pericolosi e non era bene per una ragazza farsi vedere troppo. Nemmeno con il padre.

«Ma io mi annoio, non c'è nessuno qui! Solo te, mia madre e gli operai. Voglio tornare in paese».

«Da quel prete! Lavora piuttosto, impara a condurre la masseria! Che tutta questa roba chi se la mette in tasca, tuo fratello?» E saettava mia madre con lo sguardo.

Questa del maschio che mancava in famiglia era un'idea fissa di nonna Carmela, che rimproverava a mia madre d'essere «u panaru sfundatu». Lei il più delle volte non le rispondeva, ma crescendo incominciai a farlo io, e proprio quella fu l'estate della svolta.

«Che colpa ne ha se ha avuto degli aborti? E allora mio padre?»

«Tuo padre?! E cosa c'entra tuo padre? Chi li porta i figli, l'omini forzi? E poi di cosa t'impicci, che ne sai tu di queste cose?»

Poteva essere tremenda nonna Carmela, priva di misericordia, specie quando le toccavano i maschi di famiglia e innanzitutto mio padre. Che qualcuno magari faceva dei mali pensieri, la sentii dire una volta a una vicina, che Santino aveva il seme svigorito. Invece non era così, perché lui era tale e quale suo padre, un toro. Ecco cos'era! Era la femmina che lui s'era voluto prendere da fuori, con quell'aria da santa Rosalia, a non avere vigore. La nonna non aveva tutti i torti, perché mia madre di salute era delicata e soffriva di forti mal di testa, ma davanti a lei risultava ancora più gracile, quasi malaticcia, col suo corpo minuto e la pelle così trasparente che sul collo si vedeva la rete delle vene. Lei invece era una torre, la testa diritta che si piegava solo nelle genuflessioni, il seno che arrivava alla cintura e la voce sempre sopra di un tono, che asciugava all'istante quella di mia madre. Ma non la mia.

«Piuttosto, aiutaci a preparare i pomodori invece di perdere tempo con queste sozzerie».

«Ho finito la scuola, sono in vacanza. E poi sei stata tu a incominciare».

«Senti? La senti tua figlia? Non sembra più quella! Ma cu t'imparau sti maneri? Questa sera lo dirò a tuo padre, Santino mi deve sentire».

Mio padre l'ascoltava, era l'unica donna che ascoltasse, ma finiva quasi sempre per sorridere.

«È giovane, dalle tempo. Vuoi andare al mare? Giusto, ti ci porto domenica insieme a tua madre. Io ho da incontrare certi paesani da Antonio 'u surdu, e intanto voi vi prendete il sole e magari vi fate anche un bagno».

«Tu la vizi» diceva la nonna.

«È giovane, dalle tempo».

Incominciarono così i battibecchi tra noi due finché arrivammo alla rottura. A fine agosto ritornammo in paese e trovammo il pulmino di Sandro e Margherita parcheggiato sulla piazza della chiesa madre. Non per un giorno, ma come se fosse casa loro, come se se la fossero comprata la piazza, e anche la chiesa della Misericordia, e pure il prete.

«Chigglju foresteru! Chi nun si sapi mancu d'undi veni e s'esti nu veru previti». Così nonna Carmela quando parlava di don Nicola, che era arrivato da un anno dopo la morte di don Vincenzo, «Che Gesù Cristu l'abbia in gloria e la Vergine Maria e San Rocco pure», e ogni volta che diceva la messa rovinava la digestione alla gente con le sue prediche contro la 'ndrina, «Ma chi è 'sta 'ndrina?», e i sequestri in Aspromonte. Che se lo sentiva don Vincenzo, «Pace all'anima sua!», si rivoltava nella tomba.

Don Nicola piaceva ai ragazzi del paese, non a tutti, a molti. Era giovane, robusto e giocava a pallone con loro nel campetto da calcio dietro la chiesa, che prima era un deposito di copertoni d'auto e roba vecchia. Se l'era ripreso quel terreno dopo che era morto Ricucciu 'u sciancatu, che la faceva da padrone coi suoi cani. E qui c'era stata una prima lagnanza dei parenti, i quali erano andati dal sindaco.

«Perché, di chi era quel terreno? Non ce lo lasciò don Vincenzo a nostro padre per tutti questi anni? Che se ne faceva un prete di quelle pietre e rovi, che non ci potevi mettere un piede sopra? A lui lo lasciò, buonanima, che aveva una famiglia da campare, e mai gli chiese una lira! E chistu arriva i fora e subitu faci u patruni, e non gli fotte niente se ci manda in rovina!»

Ma don Nicola era un osso duro, andò dal vescovo e il sindaco dovette alzare le braccia. Glielo disse anche mio padre quando venne da lui per un consiglio: «Non ti mettere contro la chiesa, non sono i tempi. E poi... Ricucciu è morto, pace all'anima sua, siamo noi che dobbiamo campare».

Così don Nicola si riprese il terreno e lo sistemò da solo con l'aiuto di un paio di ragazzi, fece il campo da calcio e mise tre panchine per chi voleva sedersi. All'inizio ci giocavano i bambini dopo la dottrina, poi incominciarono i più grandi e un po' alla volta arrivammo noi. Intendo noi ragazze, che invece di consumare la strada avanti e indietro, preferivamo chiacchierare sulle panchine e civettare a distanza con dei maschi giovani e incaloriti.

Nel mio gruppo eravamo in otto, e io fui l'ultima, per l'opposizione di nonna Carmela che riteneva quello un luogo di somma perdizione, solo perché don Nicola non portava la sottana e giocava a pallone. Ma riuscii ad aggirare l'ostacolo. Evitai la nonna, contro la quale era inutile combattere, e mi rivolsi a mia madre. Mia madre non era «una santa Rosalia», come la chiamava la nonna, ma soprattutto era nata ad Acireale, dieci volte più grande del paese nostro, con il corso pieno di palazzi e la villa Belvedere dove le ragazze andavano a passeggiare la domenica. Certe cose mia madre le capiva. Parlò con mio padre e finalmente ebbi il permesso di sedermi con le amiche sulle panchine del campetto da calcio.

«Però tua madre ti deve controllare e guarda che se vengo a sapere…»

Non seppe mai niente, anche perché allora mi accontentavo di mostrare a distanza quello che avevo da mostrare, che non era poco per la mia età: i famosi occhi verdi che in famiglia avevo solo io, che se non era «pe to mugghjieri, Santinu, si faciano brutti penzeri», e un paio di gambe lunghe che avevo ereditato dalla nonna.

Ma quando arrivò il pulmino di Sandro e Margherita e occupò la piazza della chiesa madre, perché anche se stava nell'angolo che era un pisciatoio per vecchi e cani, con quel colore e quelle scritte, Odin Teatret, «Ma chi l'aveva sentito mai stu nomc?», sembrava riempire la piazza intera e di più ancora; quando arrivò il pulmino e si seppe che quei forestieri aprivano un laboratorio teatrale per ragazzi nella canonica di don Nicola e che lui, «Proprio lui!», gliel'aveva chiesto, e dissi a nonna Carmela che mi ero iscritta, davanti alla tomba di zio Nunzio glielo dissi, mentre lei metteva i garofani nel vaso, «Chi dicisti?! A figghjia i Santinu na pputtana!» urlò. «Nunzio, figghjiu meu bellu, u sentisti? Che non mi è bastato un figlio lontano che m'è tornato morto, quest'altra carne mia mi si rivolta contro! Il teatro! Per finire come le puttane che si vedono alla televisione! Così vuoi diventare? E to patri, chi dissi to patri?»

Mio padre era fuori da tre giorni e sarebbe tornato a fine settimana. Avevo deciso io, senza dire niente a nessuno, nemmeno a mia madre. Sandro e Margherita ci avevano spiegato il progetto, «Chi si vuole iscrivere?», e io avevo alzato la mano. Per prima. Avevo deciso d'impulso, senza una ragione precisa: forse perché mi affascinava quel pulmino che veniva da lontano, forse perché Sandro e Margherita erano così diversi, forse perché Concetta era di Locri e andava in giro a fare teatro con Sandro e Margherita, invece di consumare avanti e indietro la strada di un paese. Decisi che volevo fare teatro e basta. E nessuno mi avrebbe fatto cambiare idea.

«Niente, mio padre non ha detto niente» risposi alla nonna.

«Non dissi nenti?! E com'è possibile, è impazzito?»

«Non dissi nenti» ripetei con ostinazione e mi alzai.

«Dove vai, torna qui!» ordinò la nonna. Non a me, a tutto il cimitero.

Ma io la lasciai davanti alla tomba nera col suo mazzo di garofani. E ci vollero quattro anni perché nonna Carmela mi perdonasse l'affronto.

4.

La pioggia veniva giù da un'ora, non violenta, ma quieta e implacabile. E il campo era un acquitrino dove venti uomini inseguivano il pallone con la stessa ostinazione della pioggia e un accanimento silenzioso che rasentava la ferocia. Poche le grida, anche da parte degli spettatori assiepati sulla gradinata, divisi in due metà quasi uguali dagli scalini di cemento, e pochi gli ombrelli. Sembrava quasi che quel pubblico, fatto di soli uomini, volesse condividere con la propria squadra non solo il gioco ma anche la pioggia maligna che ostacolava le azioni e fiaccava le energie, rendendo la partita uno scontro cieco e primitivo.

A metà l'arbitro aveva fermato il gioco, ma dagli spalti si era levato un urlo e gli allenatori si erano precipitati in campo. Non era possibile interrompere, troppo importante per il Luton la vittoria che non arrivava, troppo importante per il Bedford quel pareggio. Continuare. Il secondo tempo fu un assalto disordinato alle due porte e gli scontri fisici si fecero più violenti. I giocatori ansimavano, s'insultavano a voce bassa, si urtavano, le teste gocciolanti e gli occhi fissi su quel pallone maledetto che non ubbidiva più alle loro gambe ma sembrava animato da una volontà propria.

Nunzio soffriva in centrocampo, tallonato da un avversario che aveva la statura di un vichingo e la sua stessa ferocia. Il dribbling leggero ed elegante cui era abituato in Italia non era possibile con gli inglesi che entravano con prepotenza sulla palla, la risucchiavano con la punta delle scarpette di due misure maggiori, la ghermivano e una volta che se n'erano impadroniti la dominavano coi muscoli possenti dei polpacci, la spingevano con la falcata delle gambe, la tenevano con la minaccia costante della

29

loro forza. Con gli inglesi bisognava agire di astuzia, fare della leggerezza una risorsa, usare lo scatto, avere l'occhio al compagno pronto all'intesa. Ma non c'era Antonio alla sua destra, Antonio amore mio, Antonio il furetto ridente. C'era John Simmons e più avanti Patrick l'irlandese che gli gridava qualcosa e a sinistra Mario, l'altro italiano della squadra, e quella pioggia che gli entrava negli occhi e nella bocca e lui che doveva dimostrare di valere, gliel'aveva detto il mister, o fuori.

Sentì un grido: «*Go!*», o forse era lui che gridava la sua disperazione, vai avanti Nunzio, due anni di fabbrica a caricare mattoni e ora sul campo contro il Luton per la terza divisione. *Go!* Il vichingo adesso ansimava alle sue spalle, s'infilò nel budello tra i corpi ed ecco la porta davanti. Tirò coi denti e con l'ultimo fiato. Un boato, e qualcosa esplose dentro il suo ginocchio, un cuneo di ferro e fuoco che lo sollevò da terra e lo ributtò nel fango. Tutto si spense.

Riprese i sensi nell'ambulanza, ma come immerso in un liquido lattiginoso in cui a tratti galleggiava e sprofondava. Accanto a lui uno sconosciuto gli premeva una maschera sul viso e in lontananza vagavano due facce che ogni tanto si avvicinavano. Una era quella del mister.

«*Lad, take it easy*» gli disse con un tono stranamente gentile.

«Stai tranquillo. Ti portiamo in ospedale, ma non è niente di grave» spiegò padre Giuseppe appoggiando la mano sulla sua.

Doveva avere ragione perché lui non sentiva alcun dolore. Tentò di parlare ma la maschera glielo impediva, allora sollevò la testa.

«Non devi muoverti, Nunzio» continuò padre Giuseppe dolcemente «hai fatto una brutta caduta. Però ci siamo classificati. Merito del tuo goal, sai?»

«*Good move, lad!*» aggiunse il mister sorridendo per la prima volta.

Dunque il pallone era entrato in porta, nessuno l'aveva fermato. Che il dolore alla gamba dipendesse da quello sforzo?

«*That son of a bitch will pay for it*» concluse il mister. Ma lui era troppo stanco per sforzarsi di capire quello che gli aveva detto e chiuse gli occhi.

Non andò come il mister aveva previsto, almeno non del tutto, perché a pagare non fu solo il vichingo con un anno di squalifica, ma anche Nunzio Lo Cascio con tre lunghi mesi di dolore e la fine di una speranza. Per fermarlo l'altro lo aveva colpito con la punta della scarpetta destra, lateralmente, impegnando tutta la forza dei suoi ottanta chili: insieme al goal due legamenti spappolati, ricostruiti come meglio si poteva ma non più elastici. Bisognava fare molto esercizio e allungare, allungare, aveva detto il chirurgo dopo l'intervento. Per un mese rimase in ospedale, la gamba, un tubo di gesso che non sembrava appartenergli, attaccata a cinghie e a contrappesi. Non se la passava male, però. Il dolore era tenuto a bada dalle flebo e ogni giorno riceveva visite, i compagni della squadra, qualche volta il mister e padre Giuseppe, ma soprattutto i suoi tifosi, gli italiani di Bedford, in testa la signora Carminuccia.

Era la sua padrona di casa, un'abruzzese coi baffi e due fianchi da fattrice che avevano sfornato otto figli. Cinque erano con lei, gli altri al paese tra i monti del Gran Sasso insieme al marito, che non aveva retto alla malinconica umidità della brughiera del Bedfordside. Carminuccia di calcio non capiva niente, ma aveva una fede cieca nella sua bravura e una figlia di vent'anni che sognava di accasare «con chillo jovane biondo che pare lu san Sebastiano della chiesa nostra». Arrivava ogni giorno con questa Maria e un piatto avvolto in un tovagliolo colorato, fumante di ravioli o di chitarra. E mentre lui mangiava, apriva la botte delle notizie e dei pettegolezzi. Era stata lei a raccontargli, a modo suo, l'incidente sul campo al quale non aveva assistito.

«Ma quale incidente! Lui ha detto così per discolparsi,

31

lu malandrine! Che gli si pozza seccà la lengua in bocca per le bugie che dice! Ma l'hanno visto tutti mentre tirava il calcio!» e qui a fare l'elenco dell'intera squadra. «Tutti! Squalificare lo devono e cacciare da tutti i campi! Vero, Maria?» e ammiccava alla figlia, piccola e silenziosa, che le stava accanto.

Nunzio aveva capito, e da tempo, quali erano le speranze della donna, e anche Maria da tempo aveva capito che di speranze non ce n'erano. Ma continuava a visitarlo all'ospedale e a chiedergli ogni giorno con una vocetta in cui la esse le s'impastava in bocca: «Come stai, Nunzio?»

E lui a risponderle: «Non c'è male», e questo le bastava.

All'inizio venne a trovarlo un paio di volte anche Vincenzo 'u naschiuni. Non abitava a Bedford, ma in un paese vicino. Era stato lui a raccoglierlo alla Victoria Station quand'era arrivato, sperduto in quel fiume di gente come un sughero nell'oceano. Lui l'aveva portato da Carminuccia e gli aveva parlato della fabbrica di mattoni dove l'aspettava il posto. «Tuo padre è un buon compare» gli aveva detto. E adesso era tornato, per vedere come stava e informare la famiglia.

«Non serve, non importa» gli rispose.

«Come non importa! Io promisi a tuo padre di avere un occhio per te e di tenerlo informato, e noi siamo usati che la parola la diamo una volta sola!»

«Ci ha pensato Carminuccia» mentì.

«Se già è stato fatto…» Ma dopo alcuni giorni ritornò, scuro in faccia. «Tuo padre mi chiamò per avere tue notizie e non sapeva niente. Il pover'uomo ci rimase come uno sterco di mulo! Perché facesti questo? Non sei un buon figlio».

«È per mia madre. Ditegli che quando esco gli telefono».

«Dici il vero? Comunque quello che dovevo fare io lo feci» rispose Vincenzo e non tornò più a trovarlo.

Ma quando uscì non telefonò a suo padre, fu sua madre a chiamarlo. Ormai con suo padre non parlava da più di un anno né con Santino, perché la distanza non aveva cancellato i ricordi e nemmeno li aveva sbiaditi. Lui quella notte se la trovava marchiata nella carne e anche il giorno e la notte successivi, nudo e incatenato come un cane al letto della masseria. E se all'inizio era così piegato da non avere in sé alcuna forza e rispondeva al telefono un sì e un no, lentamente la nebbia s'era diradata ed era rimasto in lui solo l'orrore. Così, appena sentiva la voce di suo padre, riattaccava. Ma anche con la madre era fatica, un continuo mentire: sto bene, la squadra, il mister, il campionato, l'anno prossimo... E spesso lasciava a Carminuccia di raccontarle quanto era bravo e buono quel figlio e come n'erano orgogliosi e che certo sarebbe guarito, lì gli ospedali non erano come i nostri, erano una cosa seria e lui già camminava... Come? Con le stampelle, ma gliel'avevano detto in ospedale che ci voleva pazienza, ancora qualche mese... Doveva solo esercitarsi...

Si esercitava sui prati umidi e sul sentiero che correva lungo il Great Ouse, pigro e lento come il fiume, e a volte fangoso come lui. Avanti e indietro, con due stampelle e poi con una sola, quindi con un bastone d'appoggio. Infine niente. Sdraiarsi sul prato del campo di calcio e flettere le gambe, piegarsi e sollevarsi, incominciare a correre piano sotto gli occhi del mister. E forzare un poco, cercando l'antica agilità: ma il ginocchio cedeva, sempre. Un'estate passata in questo modo.

Tornò al lavoro, ai suoi mattoni, ma quando si trattò d'incominciare con gli allenamenti non ci fu nemmeno bisogno di spiegarsi.

«È un peccato, un vero peccato ragazzo» gli disse il mister. «Promettevi bene».

Una storia chiusa, come con Antonio. L'unica consolazione che gli restava era il pensiero che non avrebbe più dovuto fare la doccia dopo la partita, nudo fra gli altri. E non ricordare più, e non guardare e non essere guardato. Avrebbe dimenticato finalmente di avere un corpo e un sesso, solo un abito frusto da indossare senza riguardo e con poca attenzione. Nunzio Lo Cascio, di anni ventitré, nazionalità italiana e sesso incerto. Anzi, inesistente.

Quando incominciò il campionato nel nuovo girone, un pomeriggio dopo il lavoro andò a trovare padre Giuseppe nel suo ufficio parrocchiale.

«Non posso più rimanere qui» gli disse.

Padre Giuseppe era un bergamasco dagli occhi chiari e dall'accento valligiano, che dopo la Madonna e i santi protettori allineati lungo le pareti della nuova chiesa era l'autorità più importante che gli italiani avevano a Bedford.

«E dove vorresti andare?»

«Non lo so, in un posto qualsiasi».

Il prete lo guardò per un po' in silenzio e annuì.

«Capisco, d'altra parte qui non ti sei inserito… Ti vedo, sai? Sempre solo, niente amici, nemmeno una ragazza… Come mai, qualcuna che ti aspetta a casa?» lo guardò, sorridendo solo con la bocca. «Qualche delusione… O senti la nostalgia del paese?»

«Del paese non m'importa niente».

«E allora? Qui ci sono tanti italiani, brava gente, e Carminuccia dice che sua figlia Maria… Hai un lavoro, un domani puoi avviare un'attività, sposarti…»

Si alzò, gli si mise davanti e gli posò le mani sulle spalle. Lui arrossì e si ritrasse bruscamente. Strano ragazzo, pareva avere in testa solo il pallone, e adesso che non c'era più quello… Per il resto serio, forse anche troppo…

«È venuto anche un tipo a parlarmi, un certo Vincenzo, per conto di tuo padre. Voleva sapere il nome di chi ti ha rotto il ginocchio. Così, ha detto, per un risarcimento… Non mi è piaciuto e gli ho risposto che andasse a Luton a informarsi…» Nunzio teneva la testa bassa. «E tu non sai niente di questa cosa?»

«No, e non me ne importa. Tanto non c'è più niente da fare».

«Per questo chissà, magari un domani… Siamo nelle mani di Dio!» Lo guardò fisso. «Ci credi?»

«A chi?»

Il prete indicò col dito in alto.

«Non lo so».

«D'accordo» sospirò padre Giuseppe. «Sentirò a Londra, a St. Peter. Conosco il parroco di quella chiesa, e anche lì è pieno d'italiani, alcuni lavorano al mercato delle carni. Ma col tuo ginocchio non credo che ce la faresti a portare i quarti di bue sulla schiena. Magari in un ristorante... Ti piacerebbe fare il cameriere?»

Alzò le spalle. «Per me...»

Sembrava quasi che della vita non gli importasse niente, e aveva vent'anni! Il prete tornò a sedersi alla scrivania, era stata una giornata faticosa, una messa e due funerali, e non la smetteva di piovere. Al suo paese adesso bacchiavano le castagne e preparavano il vino brulé, e lui era lì da quindici anni. Si passò una mano sulla faccia.

«Va bene, chiederò e ti farò sapere».

Quella sera pareva che Maria avesse sentito tutto, perché a tavola lo guardava di sottecchi con due occhi da Madonna Addolorata.

«Che hai da guardarmi così?»

Lei avvampò.

«Sei tu che guardi fisso, pare quasi che non ci hai gli occhi».

Il discorso più lungo che avesse mai fatto con lui, poi abbassò la testa sulla scodella. Nunzio osservò la sua povera permanente, i riccioletti bruciati dall'acido di un bruno innaturale ed ebbe davanti la testa di Antonio dopo l'amore. Quel peso stanco sul suo ventre e lui che con la mano arava il crespo morbido e fitto dei suoi capelli. E l'odore! Quel misto di umori maschili e di sterco, perché della stalla paterna e del suo odore Antonio non si liberava mai, nemmeno col bagnoschiuma che gli aveva regalato. Un odore forte e un po' selvatico, che eccitava il suo membro e lo faceva risorgere. Il vello di Antonio e le stoppie di Maria. Si alzò di scatto.

«Non stai bene?» gli chiese Carminuccia preoccupata.
«Stasera non ho fame» e si ritirò in camera.

A metà novembre, quando non ci contava più, arrivò la risposta di padre Luigi, il viceparroco della chiesa di St. Peter a Clerkenwell: aveva chiesto in giro e saputo che da Attilio cercavano un cameriere. Era un ristorante in Cowcross Street, di fronte al mercato delle carni, brava gente e cucina italiana senza pretese. Il salario era modesto, ma se si adattava poteva sistemarsi in parrocchia gratis, di più non si poteva fare per il momento. Facesse sapere il giovane se era interessato, perché avevano altre richieste. E intanto molti saluti a padre Giuseppe da padre Carmelo e la speranza d'incontrarlo a Londra per una celebrazione comune.

«Magari!» sospirò il prete. «E qui chi ci lascio, le suore? Allora, cosa ne pensi?»

Partì la settimana dopo, lasciando nel lutto Maria e Carminuccia, che vollero accompagnarlo alla stazione e salutarlo col fazzoletto tra le mani, come se si trattasse di un bastimento per l'America. E in fondo avevano ragione, perché a Bedford non tornò più. Qualche telefonata, molti sospiri e poi silenzio.

5.

Incominciavamo con le palle e con i cerchi, prima a terra, sdraiati: «Rotolarsi, allungarsi… Forza… Scivolare dentro il cerchio, fare scorrere la palla sul corpo, solo coi movimenti, così… E adesso in coppia, allungarsi, piegarsi… di più…» diceva Sandro. Assuntina Spanò, che mi stava vicina, si faceva sempre più rossa e iniziava a sudare. Era rotonda e corta quanto io ero lunga, era la mia amica del cuore e mi faceva da copertura con mio padre.

«Dove vai? Dove sei stata?»

«A studiare da Assuntina».

«Fino a quest'ora? A quest'ora si fa buio, in casa ti voglio».

«… Molti compiti… Mi ha spiegato matematica…»

Assuntina a scuola era brava ed era la figlia del geometra del paese, il geometra Spanò, che aveva l'ufficio sulla costa e aveva progettato tutte le villette che s'erano mangiate la pineta. Mio padre ci teneva a questa amicizia, io lo sapevo, e spesso gli portava una cassetta di pesce, di quello appena scaricato dalle barche. Così, quando sentiva di Assuntina, si quietava subito. Qualche volta veniva lei da noi per non creare sospetti, ma il lunedì, il giorno del teatro, andavo io. Era il nostro patto segreto, che continuò per sette mesi fino a quando «le porte si misero a mormorare» e nonna Carmela mi tradì.

Perché non l'abbia fatto prima rimane per me un mistero. Dal giorno della discussione avevo cercato in ogni modo di evitarla, ma vivevo nella paura. Quando veniva da noi, di rado per via di mia madre, spiavo ogni sua mossa, controllavo ogni movimento del suo viso. Lei fingeva di non accorgersi delle mie occhiate, riempiva con la voce tutti gli angoli della stanza, ma ogni tanto si fermava e posava gli occhi su di me. Allora mi sentivo di gelo e mi preparavo, ma dopo una pausa e un sorriso leggero riprendeva da dove s'era fermata: don Nicola, le offerte alle Anime Sante in calo, la masseria, e questo e quello. Non so perché non l'abbia fatto prima, forse si divertiva a giocare al gatto e al topo con me, lei aveva di queste crudeltà, o forse in fondo mi capiva.

Parlò quando non poté più farne a meno, quando in paese s'incominciò a dire che «chigglji eranu spiuni, chi volivanu i sannu i fatti da famiggjia». Parlò quando si sparse la voce di uno spettacolo «supra a gljiu giuvani chi staciva nta l'Aspromunti, gljiu sequestratu». E cosa c'entravano loro con l'Aspromonte? E pure don Nicola era d'accordo con i forestieri! Forse fu proprio l'odiato don Nicola a farla decidere: un giorno venne a casa nostra che c'era anche mio padre e parlò.

Dopo gli esercizi con le palle e i cerchi ci alzavamo in piedi e Concetta accendeva il registratore.

«Adesso ascoltate la musica e muovetevi come volete. Dritte la testa e le spalle. Ascoltate e sciogliete il corpo, fatelo parlare… La voce, adesso, uno alla volta. Muovetevi e fate uscire la voce…»

All'inizio era solo la voce senza le parole e c'era chi nemmeno riusciva a farla uscire, gargarismi erano più che suoni, ma un po' alla volta ognuno di noi trovò la sua. E fu straordinario, perché non assomigliava a quella che usavamo e nessuno di noi entrando l'avrebbe riconosciuta come propria, eppure era per certo nostra. Anzi, era la nostra vera voce, io lo sentivo, quella che tenevamo nascosta per paura o per vergogna, o perché non avevamo mai avuto l'occasione di scoprirla.

La mia era alta e forte, mi pareva una bandiera al vento quando usciva, non sapeva di ferro come quella di nonna Carmela, ma piuttosto di anguria rossa e matura, che mi piaceva tanto. Oh, quanto mi piaceva! Una volta raccontai come ne sceglievo una dal mucchio, alla masseria, e l'aprivo con un colpo solo del tacco della scarpa, e feci sentire anche lo scoppio della buccia. Un'altra raccontai di nonna Carmela al cimitero e di come piangeva lo zio Nunzio e di una lite con mia madre. Così un po' alla volta tutti, trovata la propria voce, raccontavano.

Poi non so chi parlò del ragazzo sull'Aspromonte, che era lassù da un anno prigioniero, e cercammo la sua voce. Fu Giuseppe Macrì a trovarla, e fu lui a farlo parlare. Si rannicchiò sul tappeto, di lato, con le ginocchia sul petto e le braccia intorno alle gambe e incominciò un lamento da animale ferito, prima debole, poi sempre più forte. Alla fine arrivarono anche le parole: «Fatemi uscire, per favore, non ce la faccio più!»

Alla televisione ne avevano parlato molte volte e avevano mostrato anche la madre, che chiedeva ai rapitori di liberarlo: «Per pietà, se avete un briciolo di coscienza...»

Mio padre guardava in silenzio, solo una volta si alzò di scatto, disse: «Cornuti!» e uscì.

Cornuti, certo, quelli che lo avevano rapito e lo tenevano sepolto in una grotta, anzi, maledetti da Dio, come aveva detto il vescovo quella sera. Dopo le parole Giuseppe riprese a lamentarsi e a girarsi da una parte all'altra senza posa, sempre con le gambe raccolte, come incatenato. Era il figlio della maestra Marianna, suo padre lavorava a Catanzaro e si vedeva poco fuori. Gli altri lo prendevano in giro per la voce sottile, ma adesso quella voce ci teneva inchiodati attorno a lui, era molto più delle parole quella voce, più di tutte le suppliche e maledizioni.

Finché all'improvviso Assuntina si portò le mani alle orecchie e si mise a urlare, che pareva volerselo mangiare Giuseppe: «Basta, smettila, non voglio più sentire! Smettila!»

E noi tutti a guardarla, straniti, lei così timida che sembrava sempre chiedere scusa quando apriva bocca e ora con quell'urlo che non finiva mai.

«Basta così, Giuseppe, sei stato bravissimo» disse Sandro spegnendo il registratore.

Giuseppe si alzò, si spazzolò i pantaloni e rimase per un po' a testa china. Nemmeno noi sapevamo cosa dirci né dove guardare, fu Margherita a rompere il silenzio: «E se facessimo lo spettacolo su questo?»

Giuseppe accettò subito e anch'io.

«Dobbiamo chiedere ai nostri genitori».

«Naturalmente, parlatene a casa e fateci sapere».

La volta dopo Assuntina non venne, senza avvertirmi, e quando le chiesi spiegazione alzò le spalle. E una sera nonna Carmela si presentò da noi.

«Sono venuta per una ambasceria» attaccò, dopo avere rifiutato la frutta che mia madre le aveva messo davanti «perché qualcuno non abbia a dire un giorno che in questa cosa ci ho avuto una parte anch'io».

Mio padre alzò la testa dal piatto e la guardò: era rientrato da poco e puzzava ancora di pesce. Puzzava sempre di pesce mio padre quando andava a scaricare le barche, anche se si lavava: la puzza delle fogne, la chiamava la nonna che odiava il mare e tutto ciò che conteneva. Lei era donna di terra, di ulivi, grano e meloni, da giovane cavalcava i muli e adesso stava diritta sulla sedia, le mani sulle ginocchia, come doveva stare seduta una volta sul basto delle bestie.

«Cosa significa "ci ho avuto una parte anch'io"?»

«Che io non ne voglio sapere. Tu a tua figlia puoi dare pure il permesso di fare il teatro con degli sconosciuti, con dei forestieri. È figlia tua, non mia…»

La nonna si fermò, si girò dalla mia parte e mi guardò.

Era un pugnale nero il suo sguardo: ti ricordi quello che ti dissi al cimitero? Il momento è arrivato. Ma io non abbassai gli occhi. Era un pugnale ma non mi faceva paura, l'avevo già sfidata, conoscevo la sua forza e la sua debolezza. Quello che temevo era mio padre, che continuava a rigirare gli spaghetti intorno alla forchetta e a ingoiarli in silenzio. Da un po' di tempo mio padre non mi piaceva più: non mi piacevano la sua statura e la pancia sporgente, i capelli neri che tendevano all'unto, il suo modo di divorare la pasta. Perfino l'odore di pesce, che prima non avvertivo, mi disturbava. Da quando era arrivato Sandro e facevo teatro. Sandro era diventato il mio idolo, Sandro magro e muscoloso, i capelli chiari raccolti in una reticella, Sandro che camminava sulle braccia e volava in aria senza peso. Forse ne ero innamorata, anche se lui aveva Margherita, e Margherita era la donna che avrei voluto diventare da grande. Un amore che mescolava il teatro con la voglia di andarsene dal paese, di conoscere il mondo, di essere libera.

La nonna mi guardava e sembrava leggermi nella testa e nello stomaco: come ci si sente a fare la puttana, eh, visto come ci si sente? E intanto aspettava in silenzio che lui vuotasse il piatto, come faceva mia madre. Perché la pasta mai si doveva guastare con le lamentele.

Poi riprese: «Ma quando in paese la gente incomincia a mormorare: "Ma quale teatro, lì si raccontano i fatti di famiglia! E questo e quello e il giovane in Aspromonte…" Allora io dico che chigglji sunnu spiuni, non attori!» concluse appoggiando le mani sulla tavola e alzandosi in piedi con aria drammatica.

Guardavamo tutti lei, che incombeva con il nero del vestito e dello scialle, i seni cadenti, la testa bianca e altera. Sembrava ancora più grande la nonna vicino a mia madre, curva in avanti, quasi rannicchiata su se stessa, in quell'atteggiamento che assumeva sempre in sua presenza e suscitava in me un misto di rabbia e di disprezzo. Eppure le dita della nonna erano contorte e nodose, le mani avevano un tremito leggero, era vecchia insomma e quindi più debole di noi.

«Ssettati!» le ordinò mio padre senza alzare la voce, e lei ubbidì. «Che cos'è questo discorso del teatro, che non ne so niente? Eh? Dico a te. Io ti avevo permesso di andare al campetto di calcio con le amiche, un paio d'ore, ti ricordi? E cosa vengo a sapere? I forestieri, il teatro, gli spioni… E tu, tua figlia come l'hai controllata?»

Mia madre alzò la testa. Di mio padre non aveva timore come della nonna, forse perché non era del paese o perché faticava in pescheria tutto il giorno e la pescheria era come sua, lei lì era la regina. Vederla come maneggiava i pesci, con che voce li decantava: un'altra donna!

«Mi diceva che andava da Assuntina a fare i compiti… Anche a te l'ha detto, non ci dovevo credere?»

«Allora nemmeno questo è vero, sei una mentitrice!»

«Solo il lunedì, gli altri giorni andavo da Assuntina veramente».

«E il lunedì…?»

«Facevamo il teatro, anche Assuntina veniva».

«E nemmeno suo padre sapeva niente? Una bugiarda pure lei?»

Non risposi. Assuntina mi aveva seguito come faceva sempre, l'avevo convinta io, per mio comodo. A lei del teatro non importava, anzi, se ne vergognava, povera Assuntina. Grassa, bassa, avrebbe voluto avere le mie gambe, e io la sua testa o almeno un po' della testardaggine che metteva nel capire i misteri della matematica.

«A me disse che tu gli avevi dato il permesso, per questo non intervenni. Per non impicciarmi».

Come una serpe insidiosa la voce della nonna s'infilò tra me e mio padre, e lui si rivolse di nuovo a lei: «E questo teatro?»

«L'idea fu di don Nicola, che li fece venire da Locri. "Per togliere i giovani dalla strada" disse, ma io mai gli credetti. I giovani devono lavorare, al massimo andare a scuola? Le femmine poi…»

«Allora femmine e maschi insieme?»

«Perché, a scuola? E poi con noi ci sono Sandro, Margherita e Concetta».

«E chi li conosce questi? Una è una sbandata di Locri, gli altri due vengono dal Nord, lei è pure straniera».

«No, di Merano».

«Merano?! E io chi dissi?»

«Basta!» Mio padre allontanò la frutta che mia madre gli aveva messo davanti e si alzò. Aveva l'aria annoiata, ma io sapevo che questo voleva dire soltanto che la decisione era presa e qui finiva ogni discussione. «Il lunedì in pescheria con tua madre a fare le pulizie. E per gli spioni, ne parlerò io col prete. Anche lui deve capire...» Inutili le preghiere, le lacrime e le promesse.

Eravamo in dodici all'inizio del laboratorio teatrale, otto femmine e quattro maschi, dai dieci ai quattordici anni. Alla fine di maschi ne rimasero due e di femmine cinque, ma il teatro continuò. Nella settimana di Pasqua invece della Via Crucis di Nostro Signore si fece per le strade la via crucis «di un uomo, anzi, di un ragazzo», come disse don Nicola. Passò anche davanti a casa nostra, Giuseppe legato con delle funi e tenuto da Rocco che lo strattonava, seguito da Simona che faceva la madre e dalle altre con le fiaccole in mano. Dietro Sandro, Concetta, Margherita e un po' di gente. Sulla piazzetta, davanti alla pescheria, Giuseppe si buttò giù, a carponi, e incominciò il lamento, prima a voce bassa, poi sempre più acuta: «Liberatemi, vi prego!» seguito da Simona: «Figghjiu meu bellu!», la voce che mi aveva rubato, e dalle altre: «Liberatelo, per pietà!» Le fiaccole oscillavano nel buio come lingue e le voci s'infilavano nei vicoli, salivano alla chiesa madre, correvano verso la montagna. Qualcuno chiuse la finestra con rumore, ma io e la mamma rimanemmo affacciate anche quando la processione si allontanò, ad ascoltare quel grido che ogni tanto ci arrivava: «Liberatemi, vi prego!» sempre più fioco, come quello di un interrato.

Mio padre era fuori da due giorni e di quella processione che si era fermata davanti a casa nostra la mamma non fece mai parola, e nemmeno la nonna. Una volta sola si lasciò andare, dopo che il ragazzo era stato liberato, e disse che il figlio della maestra Marianna, «quel cosarello che non sa di niente», le aveva toccato il cuore.

Un mese dopo la Pasqua il pulmino di Sandro e Margherita andò a fuoco. Bruciò nella notte, prima che arrivassero i pompieri, e così bene che si sciolsero anche le gomme. Rimase una carcassa nera, che don Nicola tenne lì per l'intera estate, a memento per tutti, disse. Prima dell'estate Sandro, Margherita e Concetta se ne andarono, e il teatro finì. A sognarlo rimanemmo solo io e Giuseppe, lui faceva il classico a Catanzaro e stava lì col padre, io andavo avanti e indietro ogni giorno, dal paese alla costa. Avevano deciso che serviva un diploma da ragioniere per le aziende di famiglia.

Così a quindici anni scappai di casa per la prima volta.

6.

I primi mesi dormì in una stanzetta vicino alla canonica, rischiarata da un lucernaio che spioveva una luce impastata di polvere, triste anche col sole. Ma di sole ce ne fu poco in quel periodo e, quando c'era, preferiva nascondersi dentro una velatura di grigio: la primavera a Londra era uguale all'inverno e l'inverno simile all'autunno, difficile avvertire i cambiamenti. Specialmente a Clerkenwell, dove le facciate delle case gareggiavano con la monotonia del cielo. Per cogliere le stagioni bisognava allontanarsi e andare nei parchi, ma qui il verde si trovava solo in qualche albero dimenticato o tra le tombe del cimitero di St Bartholomew the Great, la sua passeggiata preferita. Nemmeno l'estate era sicura, lo scoprì in quel luglio piovoso e spazzato dal vento, che invitava gli operai di Smithfield e delle tipografie dei dintorni a chiudersi nei pub dopo i turni o a trattenersi ai tavoli da Attilio. Fortuna che gli avevano cambiato la stanza e adesso la divideva con Giovanni, l'aiuto cuoco che veniva da Piacenza, uno sveglio che aveva i suoi bravi progetti per il futuro.

«Non ci voglio mica morire in questo posto» gli diceva sempre «e poi coi preti non sono andato mai molto d'accordo. Un paio d'anni da Attilio e me ne vado dove girano i soldi, Notting Hill, Soho, Carnaby Street... Sono stanco di dare da mangiare a gente che ha le pezze sul culo come me. E tu che cosa aspetti?»

Lui non aspettava niente, si sentiva in convalescenza, in uno stato di sospensione ovattata che non gli dispiaceva. Aveva ancora bisogno di tempo per guarire, ma dopo quattro anni per la prima volta gli sembrava possibile: gli incubi notturni non erano più così frequenti e Antonio stava diventando un'ombra più benigna. Adesso era un vuoto momentaneo o la malinconia di un desiderio inappagato, e solo qualche volta l'aggrediva all'improvviso con la ferocia dei ricordi. Quanto a lui, faceva di tutto per concentrarsi sul presente, e Giovanni in qualche modo l'aiutava.

Non era un amico e non voleva esserlo, era un compagno di stanza che lasciava vivere: poche domande, pochi perché, era tutto preso dall'idea di fare soldi e parlava solo di questo. Da qualche parte aveva una ragazza e ogni tanto prendeva un permesso e un autobus per raggiungerla, ma a lui non chiedeva niente. Sembrava non meravigliarsi della sua solitudine e si era accontentato di buon grado delle spiegazioni che gli aveva dato: un ex giocatore del Bedford costretto al ritiro.

«Certo che hai avuto una sfiga della malora!» era stato il suo commento quando aveva saputo dell'incidente. «In Italia avresti potuto prendere un bel po' di quattrini dall'assicurazione… E qui? Non era ancora un ingaggio? Che sfiga! E che porco quel crucco maledetto!» E scuoteva la testa, che una calvizie precoce obbligava a radere quasi a zero ogni mese nel vano tentativo di rendere i capelli più folti.

Era così diverso Giovanni da Antonio che, anche quando si spogliava restando in canottiera e mutande, lo stomaco già sporgente del bevitore di birra, le gambe come torri, le natiche forti e tondeggianti, mai lui aveva avvertito un fremito o un'ombra di desiderio. Piuttosto gli era capitato un paio di volte con Martin, il figlio della signora O'Sullivan, il quale ogni tanto si affacciava: «*Hi, my mum there?*» e sempre veniva invitato a entrare.

La signora O'Sullivan era un'irlandese di mezza età coi capelli di un rosso stinto come gli occhi e la figura alta e nodosa. Era vedova, qualcuno diceva di un militante dell'Ira, e campava cinque figli giovani lavando i piatti da Attilio e facendo servizi.

«*Come, come in, Martin!*» gli diceva ogni volta il signor Attilio. «Mangiato? No? E allora cercati un posto».

46

Era un ragazzo di una quindicina d'anni, che lavorava al mercato delle carni e portava ancora i calzoni corti. Nunzio l'aveva notato subito in mezzo agli uomini seduti ai lunghi tavoli, operai delle chiatte o dei *docks*, qualcuno anche del mercato, di poche parole e di lunga fatica, che venivano da Attilio per un piatto caldo a poco prezzo. Era stato quel modo brusco di spingere la testa all'indietro ad attirare la sua attenzione e poi lo sguardo era scivolato sul corpo muscoloso e sottile e sui polpacci alti, rivestiti di peluria. Non era bello Martin, aveva il naso schiacciato e due occhi piccoli e sfuggenti, eppure qualcosa in lui s'era mosso, un inizio di resurrezione dopo tanto inverno, ed era arrossito d'imbarazzo.

«Cosa c'è oggi?» gli aveva chiesto il ragazzo strascicando le parole.

«Salsicce e puré o maccheroni al pomodoro».

«*Uhm, a good choice!*» e gli aveva sorriso. Di nuovo un sussulto in fondo al ventre, e lui s'era girato verso la cucina. «*Five bangers and mash!*» aveva gridato ad Attilio «*and ten macaroni!*» Poi si era avvicinato a un altro tavolo.

«Ehi, Nunzio, *come here!* Vieni qui!»

Gli inglesi pronunciavano il suo nome in modo strano, gli italiani con accenti diversi, tutti del Sud. Al lavoro si trovava bene, gli piaceva l'andirivieni tra la cucina e i tavoli, che gli ricordava il campo da calcio, la confusione delle voci e delle parlate, che gli permetteva di dire solo l'essenziale; e anche il fatto che molti ormai lo conoscevano e lo salutavano gli piaceva. C'era, tra quegli italiani e inglesi seduti a tavoli diversi, una specie di tolleranza benevola, una tranquilla indifferenza che finiva lì dentro e non si trovava nei pub né tantomeno sugli spalti. Forse perché quello era il momento della pausa da un lavoro massacrante o noioso, o perché Attilio vigilava, ogni tanto tra i tavoli a scambiare una battuta o a calmare una voce troppo alta. Vino niente, solo birra, e il caffè a fine pasto per chi lo richiedeva. Il tutto per poche sterline, e il ristorante era sempre pieno.

«Una miseria, con questi qui puoi tirare solo avanti» diceva Giovanni scuotendo la testa. «Ci vogliono gli impiegati, i manager, ci vuole gente che faccia soldi. Ma bisogna parlare inglese. Da quanti anni sei a Londra?»

«Quasi quattro».

«Io da uno e lo parlo meglio di te. Ma non basta, questi non fanno nessuno sforzo per capirti. Sono abituati a essere i padroni del mondo, loro, e dunque sei tu che ti devi adattare. Ascoltami, se vuoi uscire da qui... Perché non vorrai mica starci per tutta la vita in questo posto! Sei un bel ragazzo, sembri anche sveglio e in una città come questa puoi fare di tutto. Di tutto! Io per me voglio mettere da parte un po' di soldi e aprire un locale, magari un buco, ma mio. Però ci vuole l'inglese, se non lo parli bene sei fottuto, nessuno ti calcola, puoi andare solo a romperti la schiena a Smithfield, se i Cockney te lo permettono, o respirare il piombo di una tipografia».

«A Bedford facevano i corsi in parrocchia, ma non avevo tempo. Mi dovevo allenare».

«Già, però il pallone ormai te lo puoi scordare. Qui li fanno alla Library, più avanti, mi sono informato. Due sere la settimana da settembre. Ma non dirlo a padre Luigi, perché c'è Marx di mezzo».

«Marx?»

«Marx, sì, il comunista. Si chiama Marx Library e se ti sente il prete ci sfratta subito. Per lui dire Marx è come dire il diavolo».

«Anch'io non voglio avere a che fare con i comunisti. Da me dopo la guerra fecero una specie di repubblica e volevano prendersi le terre di chi era padrone. Me l'ha raccontato mia madre, ammazzarono anche il parroco. Fortuna che arrivarono i soldati e li arrestarono tutti. Ottanta erano!»

«A me dei comunisti non m'importa un cazzo, come dei preti. Per che cosa credi che sia venuto fin qui, per sorbirmi la nebbia? Ce l'avevo anche a casa. O per farmi il culo a questa mensa da poveri? Anche quelli ce li avevo a casa mia. Te l'ho detto, voglio aprire un ristorante vero».

«E non lo potevi fare a Piacenza?»

Per un attimo Giovanni lo guardò come stordito.

«E dove li trovavo i soldi, eh? Mio padre fa l'operaio, mia madre stira le camicie a cottimo e siamo in cinque. Dove li trovavo? Il prete della mia parrocchia mi ha detto che quelli di St. Peter cercavano un cuoco, vitto e alloggio gratis. Ho calcolato che potevo mettere tutto da parte... e sono partito. Poi è venuto Attilio, ma non mi fermo qui. Comunque, fa un po' come ti pare, io ai corsi della Library mi iscrivo, sono gratis e li fanno di sera. Se tu vuoi rimanere con loro e servire messa, libero di farlo. Ma allora, che cazzo ci sei venuto a fare in Inghilterra?»

Non rispose, ma quando a fine agosto Giovanni andò alla Memorial Marx Library per il corso annuale d'inglese lo accompagnò, e finì per iscriversi anche lui.

La palazzina era in Clerkenwell Green, non lontano dalla chiesa. Si faceva un breve tratto di strada, si girava a destra e si era già arrivati: una facciata di un grigio stinto, quasi bianco, completata da un timpano. La targa sul davanti ricordava che Lenin aveva lavorato lì nel 1902 e nel 1903.

«E Lenin chi è?»

«Lenin?! Quello della rivoluzione in Russia. Ma non sei andato a scuola? Che classi hai fatto?»

«Fino al terzo geometri, poi ho lasciato. Mi hanno preso nel club e ho incominciato ad allenarmi: il mister diceva che potevo arrivare alla Juventus e a casa erano contenti. "Di geometri è pieno il mondo, ma uno con le tue gambe e i tuoi piedi dove lo troviamo?" diceva sempre mio padre».

«Allora perché sei venuto qui?»

«Dove?»

«In Inghilterra, cosa ci sei venuto a fare?»

Per un attimo fu aggredito dal ricordo di Antonio riverso a terra che ghignava alla luna, e gli si arrestò il respiro.

«Eh, perché sei venuto?» insistette Giovanni, ma senza curiosità. Era chiaro che non gli importava la risposta e lo faceva solo per riempire il tempo dell'attesa.

Antonio, amore mio…

«Te l'ho detto, mi hanno chiamato quelli del Bedford…»

«Ah già, certo che ti hanno dato una bella fregatura! Io ho fatto le medie e poi la scuola alberghiera: non sapevo se scegliere cuoco o cameriere e me la sono giocata a testa e croce. Da noi Lenin lo conoscono tutti, ci sono le strade intestate a lui e anche un mucchio di circoli con la falce e martello, si chiamano "marxisti-leninisti". Mai sentiti? Quelli che li frequentano in genere fanno casino, scritte sui muri, cortei con le bandiere rosse, davanti alle fabbriche a distribuire volantini. Adesso poi ci sono venute fuori le Brigate Rosse e questi sono più fanatici, buttano molotov, incendiano, hanno sequestrato anche dei dirigenti alla Siemens di Milano e alla Fiat… Sempre comunisti. Mio padre dice che comunque stanno dalla parte del popolo, ma mio padre è ormai fuori di testa».

«Perché?»

«Dice che se fosse più giovane la farebbe anche lui la rivoluzione».

«E tu?»

«Io? Io voglio fare i soldi, te l'ho detto. Ma tu che cos'hai in testa? Non sai niente, non t'importa di niente: in che mondo vivi?»

Erano davanti alla porta della Library, in attesa dell'arrivo di Mrs Putnam, trafelata come sempre e come sempre carica di opuscoli e fogli pronti a cadere a terra appena infilava la chiave nella toppa. Mrs Putnam era una lady senza età e senza attributi femminili di particolare rilievo, a eccezione del rossore che le invadeva il collo e il viso quando spiegava che sì il ritardo c'era stato e per quello domandava scusa, «*I beg your pardon*», ma la consegna delle prove agli studenti… il meeting improvviso preteso dai colleghi… il ritardo dell'autobus…

Insegnava in una delle tante scuole private in Oxford Street, che promettevano miracoli linguistici a studenti stranieri poco avveduti, dieci ore al giorno per uno stipendio da fame, si vedeva dai suoi vestitucci e dal cappotto grigio topo con la finta pelliccia sul collo, e due volte la settimana gratuitamente alla Library.

«Per il compagno Marx e per i lavoratori» aveva detto con fierezza la prima volta che li aveva incontrati, coprendosi di rossore. Ma arrivava sempre in ritardo, e Nunzio provava per lei una specie di pena e si chinava ogni volta a raccoglierle i fogli o la penna caduti a terra mentre apriva la porta e li faceva passare, nove italiani e tre greci, continuando a chiedere umilmente scusa.

«Non farebbe meglio ad arrivare puntuale invece di leccarci il culo come fa?» diceva Giovanni, che pensava che non era decoroso per un'insegnante comportarsi in quel modo.

Ma quel giorno Mrs Putnam non arrivava e il ritardo non era più uno dei soliti, era qualcosa che si avvicinava alla mezz'ora.

«Che le sia capitato un incidente?» disse uno.

Gli italiani erano i più impazienti, i tre greci invece fumavano in silenzio, accovacciati sulle ginocchia. Lavoravano tutti nei cantieri navali a spalmare pece bollente sugli scafi e si portavano addosso l'odore del catrame insieme a quello del tabacco e del sudore, che li impregnava al punto che anche il fiato aveva l'acre dei capelli e delle ascelle. Mrs Putnam arricciava il naso quando uno di loro le si avvicinava per chiederle qualcosa e diventava rossa, ma mai avrebbe osato fare il più piccolo rilievo. Erano tre esuli politici Georgios, Ioannis e Dimitris, scappati dalla Grecia dei colonnelli, e dunque...

«Noo, questi sono fatti così, io li conosco» rispose un certo Mario, buttando a terra la sua cicca e schiacciandola col tacco. «Questi non hanno senso pratico, predicano ma concludono poco. Mi ricordo in fabbrica, a Sesto, un gran parlare... ma mettili a fare qualcosa di concreto... Cristo, qui si gela! Sapete cosa vi dico? Che mi sono rotto le palle di Mrs Putnam, io me ne vado».

«Ma quella poveretta viene qui per noi, e gratis! Dove lo trovi oggi uno che non si fa pagare?»

Nunzio ascoltava in silenzio. Non partecipava mai alle discussioni tra gli italiani, neanche quando parlavano di calcio e si accaloravano, perché aveva paura di tradirsi. Non sapeva nemmeno lui come, ma temeva le domande di chi non conosceva e più ancora le sue risposte confuse o imbarazzate. Invece avrebbe voluto saperne di più di quei tre greci, che agli occhi di Mrs Putnam sembravano avere dei meriti speciali, visto il riguardo con cui li trattava. Ma loro erano ruvidi e spinosi più dei ricci, e mai una parola che andasse al di là del «*teaching and learning*», come diceva Mrs Putnam: arrivavano con la sacca sulle spalle, cavavano fuori un quaderno, una biro e un dizionarietto consumato, copiavano, scrivevano, rispondevano quando erano chiamati in un inglese stentato come il loro, e dopo un paio d'ore un «*kalispéra*» e se ne andavano. Tuttavia il paese da cui venivano e soprattutto quelle parole, «dittatura dei colonnelli», lo incuriosivano.

Incominciava a rendersi conto che non sapeva niente del mondo e poco anche di sé, aveva ragione Giovanni. In quei quattro anni era vissuto come un mollusco dentro una conchiglia, ma anche al suo paese non era stato da meno. Della scuola aveva ricordi vaghi, in casa si badava a lavorare e «a fare i fatti nostri», come diceva suo padre. Poi era venuto il pallone ed era stata la passione, quindi Antonio, che aveva cancellato ogni altra cosa. Adesso, dentro quelle stanze piene di libri e di riviste, con foto alle pareti di uomini e donne che avevano lottato e sofferto, una bandiera rossa e una delle Unions, e soprattutto davanti alla faccia magra e avvizzita di Mrs Putnam e ai suoi arrivi affannati, avvertiva una sorta di disagio e di incompiutezza, e sentiva il bisogno di trovare una ragione al suo essere lì, che non era la stessa degli altri. Perché dunque?

All'improvviso la porta della Library si aprì con energia, inquadrando uno spilungone biondo e sorridente.

«*Hallo!* Sono Thomas Morris, Tom per gli amici e dunque anche per voi. Mrs Putnam ci ha fatto sapere che non è più in grado di portare avanti questa bella esperienza, ed eccomi qui. Sarò io il vostro insegnante, prego entrate!»

Arrivava con la testa quasi all'architrave e occupava l'intero spazio dell'apertura, sicché per farli entrare fu costretto a mettersi di profilo. Indossava una camicia a scacchi di pesante flanella, pantaloni di velluto scuro e ai piedi nudi aveva sandali francescani. Nunzio avrebbe imparato ben presto a conoscere quei piedi dalle dita straordinariamente lunghe e sempre in movimento e a osservarli con attenzione e simpatia, perché era lì che si concentravano le emozioni del gigante Thomas Morris: in quelle dita e dietro le lenti rotonde e affumicate di un pince-nez, che nei momenti di maggiore tensione scendeva sul naso, rivelando uno sguardo limpido da infanzia.

7.

L'autobus partiva alle sette del mattino dal piazzale dietro il vecchio macello e raccoglieva gli operai che andavano a lavorare sulla costa, le donne, al tempo delle olive o degli agrumi, e noi studenti. Eravamo una decina, tre sole le ragazze, io, Assuntina e un'altra, e frequentavamo tutti le scuole a Locri. Io e Assuntina non ci parlavamo più dal tempo del teatro, anzi, non ci guardavamo nemmeno. Come due sconosciute. Per me era una spia e una traditrice, per lei ero forse una «pputtana», come diceva la nonna; ma andavamo tutte e due nello stesso istituto, anche se in classi differenti.

Successe a fine novembre, quando eravamo in seconda, che Assuntina mancò per parecchi giorni a causa di una brutta influenza, così una mattina mi decisi: invece di prendere a destra per via Matteotti, voltai a sinistra e dopo un quarto d'ora mi trovai davanti alla casa di Concetta. Avevo con me nella borsa lo spazzolino da denti e il dentifricio, un maglione e un paio di ricambi; avevo prelevato anche tutti i miei risparmi ed ero piena di speranza. La casa aveva l'aspetto consumato delle abitazioni più povere del mio paese: la porta scrostata e fessurata, con un campanello provvisorio, l'intonaco rosicchiato dal vento e un balconcino da cui sporgevano dei ferri arrugginiti. Mi venne in mente il giudizio sprezzante di mia nonna, «una sbandata», ma tirai lo stesso la fune del campanello.

Dopo un po' si affacciò un vecchio: «Chi boi?»

«Cerco Concetta».

«Cui?»

«Concetta, sono una sua amica».

M'indicò con un gesto del braccio un cortiletto dietro

la casa, dove trovai una donna intenta a zappare un angolo di terra. Sembrava avere l'età di mia nonna, ma era la madre di Concetta. Non si girò nemmeno quando la salutai e continuò il suo lavoro.

«Non c'è, è da un anno che sta fuori».

«E dove?»

«L'ultima volta mi disse a Reggio Calabria, con certa gente di teatro. Ma chiggljia è na pazza, i cca, i gljià… Passa ogni tanto e mi dà dei soldi. "Un giorno diventerò famosa e allora verrai a stare con me" mi dice sempre». Scosse la testa. «Campiamo con la pensione di quel vecchio… Sarà perché ha perso il padre da bambina… Ma tu chi sei? Cosa vuoi da lei?»

«Un'amica. Ha lasciato una cosa e volevo restituirgliela».

«Puoi darla a me… Prima o poi si fa viva, non è una cattiva figlia».

«No, preferisco portargliela subito, potrebbe averne bisogno».

Mi studiò a lungo con un'aria sospettosa.

«Quanti anni hai?»

«Diciassette» mentii, contando sulla statura e sulle tette.

Alzò le spalle. «Devo avere l'indirizzo in casa, aspetta che finisco qui e salgo».

Dopo un paio d'ore mi trovai a tavola con lei e il vecchio davanti a una zuppa di verdure, anche se era solo mezzogiorno.

«Hai preso freddo là fuori, mangia qualcosa con noi. E a Reggio quando vai? Perché vorrei darti una pezza di formaggio per lei. Si trascura, è sempre così magra, solo il teatro ha in testa».

Adesso non voleva più lasciarmi andare e incominciò a parlarmi di Concetta e di come le era sempre piaciuto recitare, a scuola imparava le poesie per prima e sempre la sceglievano per il saluto al vescovo, perché non aveva paura di nessuno, nemmeno del demonio.

«E se suo padre non fosse morto così giovane in quella

miniera maledetta, e nemmeno un soldo ci hanno dato… Avrebbe potuto studiare di più la figlia mia…»

Alla fine erano le tre quando me ne andai, il vecchio che dormiva con la testa sulla tavola, l'indirizzo di Concetta in tasca. Anch'io le lasciai il mio, promettendole che mi sarei fatta viva.

«E salutamela e baciala per me».

Avevo tutte le intenzioni di tornare, non subito, perché non avrei potuto: adesso dovevo allontanarmi e fare perdere le mie tracce. Poi, una volta diventata famosa, mi sarei presentata in paese insieme a Concetta e magari con Sandro e Margherita e li avrei svergognati tutti. Pure la nonna e mio padre e quell'ipocrita di Assuntina, che si dovevano rimangiare i commenti e i giudizi, anche i pensieri che avevano fatto su di noi!

Presi l'autobus per Reggio Calabria alle tre e mezzo e due ore dopo mi trovavo sul piazzale della stazione. Era ormai il tramonto e dal mare tirava un vento fresco che faceva rabbrividire, ma mi sentivo felice. Era stato più semplice di come avevo immaginato, lasciare il paese, i controlli, la scuola odiata: era bastato prendere un autobus ed ero libera. Ora dovevo solo trovare Concetta e insieme a lei avrei incominciato una nuova vita. Respirai profondamente, frugai nella borsa e presi il biglietto con l'indirizzo: cercavo qualcuno per chiedere informazioni, non un vigile o un poliziotto, uno che non facesse di mestiere lo spione e che ne sapesse qualcosa di quella città. All'improvviso mi venne in mente che potevo prendere un taxi e mi guardai attorno: mio padre mi aspettava dalla parte opposta della piazza accanto al furgoncino. Mi sentii in trappola. Provai una sensazione di svuotamento, di fine inevitabile e non tentai nemmeno di scappare, attraversai la strada e andai verso di lui.

«Dove pensavi di scappare? Credi che a Santino Lo Cascio manchino le orecchie e gli occhi? Credi questo di tuo padre?»

Buttò a terra la sigaretta appena accesa e la schiacciò, e questo fu il solo segno d'impazienza. Non alzò la voce e non mi toccò, «i fimmini non si minanu, non ndavi bisognu», aprì lo sportello e mi ordinò con gli occhi di salire. Poi mi tolse la borsa dalle mani ed estrasse a una a una le cose che conteneva: i soldi, le mutandine e il reggiseno, lo spazzolino. Allineò tutto sul cruscotto, il formaggio per Concetta invece lo buttò dietro di sé con noncuranza. Poi avviò il motore e partì senza una parola. Arrivati alle porte del paese si fermò davanti all'immondizia, raccolse tutto quello che stava sul cruscotto, anche i soldi, e lo buttò nel cassonetto.

«Qui si chiude la storia, mi hai capito? Nessuno sa niente e nessuno deve sapere niente. Domani torni a scuola e ti ci porto io».

Quel giorno incominciai a conoscere Santino Lo Cascio.

Nemmeno a casa mi fece domande, fu mia madre a chiedere, lui si limitò ad accompagnarmi all'autobus ogni mattina e a venirmi a prendere. Quando non poteva, mandava mia madre o la nonna, scura come un cipresso e più muta che mai. Anche le passeggiate con le amiche mi furono vietate, solo con lui o con mia madre. E ritornai bambina, senza felicità alcuna e senza più l'orgoglio di accompagnarmi a lui, con la rabbia che cresceva in me di giorno in giorno. Il paese vedeva e commentava, sentivo ogni volta gli occhi attaccati alla mia pelle, i sorrisi di compiacimento, anche i silenzi parlavano. «Facisti bonu Santinu». E grandi sorrisi davanti e complimenti.

«Chissa figghjia ca si fici troppu bella e ca ta teni cara, veru Santinu?»

Mi chiusi in casa, mi ammalai per un mese, ma lui non cedette e nemmeno mia madre ottenne misericordia. Così imparai a odiarlo, ogni giorno mi esercitavo nell'odio contro di lui, e l'odio divenne il carburante quotidiano che mi permetteva di vivere.

Finché a diciassette anni anche l'odio si esaurì, e scappai di nuovo.

Avevo ricevuto una lettera di Concetta da Milano, dopo due anni di silenzio. Diceva che sua madre le aveva detto della mia visita e mi raccontava della sua vita e dei suoi progetti. Era piena di entusiasmo, aveva un compagno che si chiamava Claudio, un genio del teatro, diceva, e avevano messo su un gruppo di ricerca; lavoravano in un centro sociale molto frequentato ma avevano in mente di trasferirsi presto a Londra.

Londra! Mi venne in mente lo zio Nunzio, «lo zio che se il Padreterno non ce l'avesse tolto...» diceva nonna Carmela, e decisi di raggiungerla. Le risposi subito che sarei andata con loro, e presi il treno. Avevo in mente di arrivare a Milano, ma a Lamezia Terme mi fermò la Polizia ferroviaria e mi fece scendere.

«Documenti». Mi misi a piangere. «Mi dispiace, lei è minorenne e suo padre ha denunciato la sua scomparsa. Ci hanno telefonato poco fa i Carabinieri di Vibo. Dove voleva andare?»

«A Milano, da un'amica».

«E perché non ha avvertito la sua famiglia? La picchiano, la maltrattano?»

Dissi di no. Mio padre non mi aveva mai toccato, non ne aveva bisogno: leggeva nei pensieri, sapeva tutto e tutto prevedeva. Mio padre era onnipotente più di Dio, ormai ne ero convinta. Infatti dopo un paio d'ore arrivò sul furgoncino del pesce Santino Lo Cascio, il lavoratore che aveva la figlia matta: salutò i poliziotti, ringraziò «per questi ragazzi che ci danno tutta questa pena» e invece che a casa mi portò alla masseria.

«Ai muli ci vuole la cavezza e tu non sei una figlia, una mula sei! Spogliati!»

Eravamo nella camera da letto della nonna, coi santi e le madonne sulla specchiera tra i lumini e i fiori secchi. Era la camera dove in estate, da bambina, io e lei venivamo a riposare dalla calura e nella penombra mi raccontava le sue storie di morti e di apparizioni, finendo sempre per recitare un po' di requiem e di avemarie per le Anime Sante. Mi lasciò in mutande e reggiseno, fece un fagotto di quello che mi ero tolta e lo portò via. Tornò dopo poco con del pane e del formaggio, una brocca di acqua e un vaso da notte.

«Se vuoi pisciare, qui, e anche il resto. Ci vediamo tra un paio di giorni.»

«Mi lasci sola?»

«Non hai paura di andare in giro per il mondo e hai paura di stare a casa tua? Ma se vuoi te ne puoi sempre andare» sogghignò indicando la porta. «Mica ti vergogni a farti vedere nuda, vero? Una che vuol fare il teatro, la famooosa!»

«Voglio mia madre, lei non sa niente, lo so».

Si avvicinò, mi prese per le spalle e mi buttò sul letto.

«Lei non sa niente e non conta niente, e tu qui stai finché non ti metti in testa che hai da fare quello che dico io. E ringrazia, che ad altri capitò di peggio!»

Chiuse a chiave la porta della camera e quella di sotto, e ripartì.

Era marzo e faceva ancora freddo tra quei muri gelati dall'inverno, di operai nemmeno l'ombra perché i lavori non erano ancora iniziati e il buio era pieno di scricchiolii e di fruscii. Passavo gran parte della giornata sotto le coperte, non c'erano libri, telefono, televisione, avevo solo la testa a farmi compagnia. E la testa lavorava senza posa, soprattutto la notte. Incominciai con gli incubi.

In quella stanza mi tornò in mente il funerale dello zio Nunzio, forse perché sul cassettone della nonna tra i santi e le madonne c'era una sola foto, la sua. Poteva avere la mia età o meno, un ragazzino alto e magro che tirava al pallone contro un muro. E la notte rividi la sua bara lucida e scura che veniva avanti, verso di me, sentivo la nonna piangere, mi pareva che mi tenesse per mano, poi all'improvviso un urlo: «Annina!» Era la voce di mia madre e mi accorgevo che in quella bara sigillata non c'era lo zio Nunzio, c'ero io.

Due volte lo sognai e mi svegliai urlando, col cuore in

gola, senza avere più il coraggio di chiudere gli occhi. Così preferivo dormire di giorno e la notte vegliavo con la luce accesa: pensavo a Concetta, ai suoi progetti teatrali e al suo trasferimento a Londra, e lì il pensiero di lei si mescolava a quello dello zio Nunzio e alla sua vita misteriosa. Di quella vita non sapevo niente e mai ci avevo pensato, dicevano che aveva fatto fortuna, e di questo mi ero sempre accontentata. Adesso nella solitudine della notte fantasticavo su di lui. Ma più che a zio Nunzio pensavo alla città in cui aveva abitato per anni e nella quale anche Concetta sarebbe andata a vivere, e Londra mi appariva un luogo straordinario, dove tutto poteva accadere e ogni sogno si poteva realizzare.

Dopo due giorni mio padre tornò a portarmi un vassoio con dei panini e una brocca d'acqua, vuotò il vaso e aspettò in silenzio per qualche minuto vicino alla porta.

«Allora, ti sei decisa?»

Avevo in corpo ancora abbastanza rabbia, non gli risposi.

«La mula ha bisogno d'altra cavezza» disse. E se ne andò.

Questa volta mi affacciai alla finestra e dopo che si fu allontanato mi misi a gridare aiuto, anche se lo sapevo inutile. Tutt'intorno c'era solo la nostra campagna seminata a grano e poi venivano gli ulivi, a perdita d'occhio. La strada provinciale era lontana e alla masseria si arrivava con un viottolo sterrato che mio padre non aveva mai voluto sistemare. Mi sfiatai a lungo e poi m'infilai nel letto.

Tornò dopo due giorni e ancora dopo altri due, questa volta con mia madre. Era una giornata di vento freddo e nuvole e la stanza era gelida. Mia madre aveva gli occhi cerchiati e sembrava malata più di me: quando mi vide mezza nuda e tremante si mise a piangere come una fontana, e io cedetti.

«Brava la mia bambina! In fondo cosa cerco? Il tuo bene, non è questo che vuole un padre per sua figlia? Ho solo te, nemmeno un maschio mi ha fatto tua madre, e c'è bisogno di una di famiglia per gli affari. Mi capisci, vero? Gli affari crescono e noi non siamo istruiti abbastanza. E oggi ci vuole l'istruzione, la cultura… Sei ancora giovane e tante cose non le sai, ma dopo capirai. Tutti prima o poi capiscono» concluse.

Io tante cose della nostra famiglia le avevo ormai capite, che era della 'ndrina l'avevo capito da tempo e anche che non volevo fare la fine di mia madre avevo capito, piuttosto mi sarei impiccata. E glielo dissi, quando mi riportò a casa, che non sarei mai stata come loro.

«Me ne andrò lontano, come lo zio Nunzio, non riuscirete a tenermi qui!»

Ma intanto ogni giorno qualcuno mi accompagnava al pullman e mi veniva a prendere e ogni giorno sentivo che in me cresceva la stanchezza. Per scappare, prima delle gambe ci vuole la testa e la mia diventava sempre più vuota. Vedevo mio padre dappertutto, mi pareva quasi che mi circondasse, e questo risucchiava ogni mio pensiero, annullava ogni volontà. Scrissi a Concetta una lettera disperata, non ebbi risposta e smisi di aspettare.

Quell'anno fui bocciata, ma mio padre disse che non aveva fretta e che ragioniera prima o poi sarei diventata, «brava bambina». Ero aumentata dieci chili, avevo le spalle curve, ma lui mi chiamava così, brava bambina. E mia madre non parlava.

Quando riaprirono le scuole, ripresi il pullman e nessuno più mi accompagnò. La mula era ormai domata.

Il 10 maggio 1995 compivo i diciotto anni e mio padre iniziò per tempo a pensare alla festa.

«Dev'essere qualcosa che ne devono parlare tutti fin che campano. "A figghjia i Santinu, ta ricordi? A cchjiu bella du paisi. Ti ricordi a festa chi ficiru pe soi diciott'anni?" Così devono dire, di qui a Melito».

Quando parlava della festa mio padre si animava, diventava perfino allegro, lui che di solito era serio, talvolta cupo.

Ma era mia madre quella più eccitata. Sembrava che l'aspettasse come una festa tutta sua e ne parlava in continuazione: del posto dove andare, di chi doveva essere invitato, ma soprattutto dell'abito. Ah, l'abito! «Che dici? Come ti piacerebbe? Così?» Comprava riviste di moda, le sfogliava e le commentava cercando di coinvolgermi.

Io ero altalenante come il mio umore, anche nei suoi confronti. Alle volte non le perdonavo la debolezza verso mio padre, altre sentivo pena per lei, che nemmeno quella festa aveva avuto. E l'ascoltavo. Così il suo entusiasmo finì per contagiarmi e decisi che il mio abito doveva essere rosso e drappeggiato, aderente al corpo e con gli spacchi.

«Rosso?! Le ragazze in genere lo mettono chiaro, non so se tuo padre...»

Ma mio padre non fece storie, anche il rosso andava bene, come i dieci chili in più, «che sembra una vera femmina delle nostre parti»; non era quello l'importante. Mio padre era un vero capo, sapeva concedere poco per ottenere molto, e avrebbe dato anche molto per avere tutto. Ma questo l'ho capito dopo.

Nonna Carmela però non la pensava in questo modo: un vestito rosso come le «pputtane» del cinema o della tv? Tutto attaccato al corpo e con le gambe che si vedevano fino alla cosce?!

«Tuo padre è impazzito. Vuole che ne parli il mondo intero di generazione in generazione? E il vescovo cosa dirà? Come farà a darti la benedizione che abbiamo chiesto?»

E naturalmente a una festa così si rifiutò di partecipare.

Ma mio padre proprio questo voleva, che si parlasse della festa di sua figlia, di quel Santino Lo Cascio che vendeva il pesce per tutto l'Aspromonte ed era montato sulle spalle di tanti e ora se ne poteva fottere perfino del vescovo, della sua benedizione e del vestito rosso.

Questa fu la festa dei miei diciotto anni, e per questo si fece.

8.

«Su che cosa Marx ha fondato l'analisi che lo ha portato a formulare le sue teorie economiche e politiche?» Thomas Morris si voltò un attimo a osservare le facce illuminate dalla luce chiara dello schermo e fece una pausa. Non si aspettava una risposta, sapeva che non ci sarebbe stata, il suo era solo un modo teatrale di entrare in argomento. Contò fino a cinque e proseguì: «Sulla conoscenza delle condizioni delle classi lavoratrici nel corso della prima rivoluzione industriale, in particolare di quella inglese». Il proiettore scattò e sulla parete incominciarono a sfilare le immagini: bambini di pochi anni nelle filande e nelle miniere, minatori che sbucavano dai pozzi, donne alle macchine, quartieri operai neri di fumo. «Avete letto Dickens? *Tempi moderni, David Copperfield?*» proseguì imperterrito, sentendo lo sgomento crescere dietro le sue spalle. «Ecco, lì trovate la materia sulla quale Marx ha riflettuto e dalla quale è partito per scrivere il *Manifesto del Partito Comunista* e *Il Capitale*. La letteratura e la filosofia per spiegare il mondo!»

Le diapositive erano finite, Thomas Morris spense il proiettore e accese la luce. Poi si sedette, accavallò le lunghe gambe e con un sorriso amichevole si rivolse all'uditorio: «*Anything to ask?*» Ancora una volta non si aspettava la risposta, sapeva che non sarebbe venuta, anzi, che non doveva venire.

Il metodo che aveva elaborato prevedeva che in questa fase agissero solo le immagini, che la conoscenza fosse di tipo emotivo. Come accade nell'infanzia: immagini forti e significative dovevano produrre curiosità e riflessioni, le domande la volta successiva. Dunque non ci sarebbero state le domande, non c'erano mai in questa fase, ma la cortesia anglosassone esigeva che alla fine della proiezione lui formulasse la sua richiesta.

«Qualche domanda?»

Thomas Morris guardava con occhi benevoli i suoi quattro allievi, i tre greci scuri di pelle e di faccia e il giovane italiano biondo, delicato e troppo silenzioso. E intanto il suo piede destro oscillava avanti e indietro e le dita si contraevano in preda a una grande inquietudine. Quello per Thomas, uomo di teatro mancato, era il momento dell'emozione, l'equivalente dell'attimo che precede l'entrata in scena di un attore. Perché anche se le domande non venivano mai, poteva sempre capitare... Come poteva capitare d'inciampare entrando in palcoscenico, di sbagliare la battuta o di restare muti e sbigottiti davanti alla platea: quello che era successo a lui e che aveva posto fine alle sue ambizioni.

Thomas Morris aspettò ancora un poco, accentuò il sorriso d'incoraggiamento, poi sciolse le gambe e fece per alzarsi.

«Bene, credo che per questa sera...»

La mente di Nunzio lavorava freneticamente per esprimere un pensiero che gli urgeva dentro. Un anno di corso d'inglese, la terza lezione di storia con Thomas, ma le parole non venivano ancora. E a casa doveva sempre chiedere a Giovanni, già a letto, che gli rispondeva che non gliene fregava niente di quell'esaltato e del suo Marx, che lo lasciasse dormire.

Come si diceva in inglese «sfruttamento dei lavoratori»?

«Boh! Ma adesso dormiamo, cazzo, non ti bastano due ore la settimana di corso, devi andare anche a queste maledette lezioni fino alla undici di sera? E a cosa ti serve se non parli mai? Quattro anni a Londra, prima a Bedford e spiccichi poche parole. Parlare, devi parlare!»

Questa volta ci doveva riuscire, era importante, doveva chiedere qualcosa, non contava se non era «sfruttamento dei lavoratori»...

«*Where can I find the books of Dickens?*» Ecco, l'aveva detto: dove posso trovare i libri di Dickens.

Che domanda, in una libreria o in una biblioteca! Solo un idiota poteva chiedere una cosa del genere, ma l'aveva detto. Per la prima volta.

Thomas Morris, che stava sistemando il proiettore e le diapositive nella valigetta, prima ancora di voltarsi seppe di chi era quella voce e da quale timidezza oscura usciva, e respirò a fondo. Perché non era solo la voce del giovane italiano, quella, era la sua di dieci anni prima, stesso tremore, stessa angoscia nascosta e stessa determinazione. Anche se la sua non era stata una domanda, ma una comunicazione: «Non m'interessa la carriera politica, non voglio diventare un Tory. Vado a vivere a Londra, *sir*».

Suo padre, che stava fumando in poltrona accanto alla grande finestra della biblioteca, l'aveva guardato in silenzio per un lungo momento, poi aveva posato il sigaro e bevuto un sorso dell'Armagnac esclusivo che faceva venire dalla Francia, contravvenendo in questo al suo patriottismo: «Niente fuori dal Commonwelth, tutto dentro il Commonwelth».

«Davvero, Thomas, e come pensi di sopravvivere? Facendo l'operaio?»

La voce, perfettamente controllata, aveva quel tono di spietata noncuranza che gli veniva da un allenamento di generazioni di *gentlemen* dediti alla caccia, ai club e alla politica imperiale, abituati a guardare il mondo attraverso il loro monocolo.

Raccogliendo tutto il coraggio che gli rimaneva, gli aveva risposto con franchezza: «Non lo so ancora, *sir*. Mi piacerebbe il teatro, ma anche insegnare non mi dispiacerebbe».

La bocca di suo padre si era storta in un mezzo sorriso.

«Ooh, potremmo avere in famiglia un pedagogo! Una volta era una faccenda per preti senza parrocchie o fanciulle ricche di virtù e povere di dote. Mi sembra un ottimo impiego del tuo diploma a Eton e della laurea a Cambridge. *Well, have a good luck*, ragazzo!» aveva concluso alzando il bicchiere e vuotandolo.

Era uscito dalla biblioteca con le gambe molli ma soddisfatto: sapeva che cosa significava quell'augurio, più che un addio un benservito frettoloso, di quelli che si danno alla servitù. Ma ce l'aveva fatta, come il giovane italiano con la sua domanda, dopo un anno di silenzio.

Thomas Morris si schiarì la voce: «Naturalmente in una qualsiasi libreria. Tuttavia vorrei invece suggerirti qualcosa di veramente speciale, dal momento che ti vedo così interessato. Perché non vai alla British Library Reading Room? Ti puoi iscrivere gratis e trovare tutti i libri di Dickens, anche quelli di Marx. E il *Manifesto del Partito Comunista* nella versione originale. Marx la frequentava tutti i giorni e fu lì che incominciò a scrivere *Il Capitale*».

Il ragazzo lo guardava con un'aria incerta, forse non aveva capito niente del suo discorso. «Vorrei suggerirti qualcosa di veramente speciale»: aveva parlato troppo in fretta e usato frasi difficili. Eton era la sua fregatura, quando non si controllava o si faceva prendere dall'emozione. Più semplice, doveva essere più semplice.

«Ti ringrazio, Thomas, ma non so dove si trova la British Library».

Erano rimasti soli, i tre greci se ne erano andati con un breve cenno del capo e il ragazzo davanti a lui gli aveva risposto. Questa volta con una scioltezza che l'aveva stupito.

«Ti chiami Nunzio Lo Cascio, vero?»

Cercò di pronunciare il suo nome il più correttamente possibile, ma non ne fu capace.

Nunzio sorrise e annuì.

«Il tuo inglese è certamente migliore del mio italiano, scusami». Controllò l'orologio: «Se vuoi te la indico adesso, non è lontana da qui, fa parte del British Museum».

Incominciò in quel modo la loro amicizia, che sarebbe durata cinque anni. Fino a quella sera di febbraio con la nebbia che arrivava a fiotti dal Tamigi e Thomas che aveva appena lasciato la casa decrepita che fungeva da moschea per i musulmani di Whitechapel: «Allora, ragazzi, ci vediamo domani».

La sua ostinata passione pedagogica, la sua fede inguaribile nel progresso umano. Domani, e fuori la nebbia che nascondeva tutto, anche le ombre. Fu un'amicizia senza amore, di grandi ideali, lotte e passeggiate, in compagnia di Marx e delle lunghe gambe di Thomas, che divoravano i chilometri con la stessa facilità con cui ingoiava le arachidi tostate che a pugni si buttava in bocca.

Quella sera s'incamminarono lungo Clerkenwell e Theobalds Road, passando accanto ai giardini delle Inns fino ad arrivare a Bloomsbury Square. Era una notte straordinariamente chiara anche per giugno, tanto che pareva che il dì non volesse più finire, e i marciapiedi e i parchi erano pieni di gente giovane, a gruppi o in coppia, che camminava senza meta apparente e senza fretta. C'era una leggerezza nell'aria e nelle cose che Nunzio non aveva mai avvertito: le risate delle donne si mescolavano a voci e suoni di chitarra, le loro gambe nude si stringevano ai corpi dei ragazzi fasciati nei jeans, abbracci, baci si confondevano nel chiarore che tutto ingentiliva, i palazzi di mattoni sporchi e le finestre scrostate, i bidoni delle immondizie allineati nei cortili, i piccoli giardini con l'immancabile betulla, le strade svuotate dove gli autobus correvano; anche le cabine rosse e i barboni rannicchiati sulle panchine o a terra. Tutto era benedetto e reso nuovo dalla luce.

Londra appariva un'altra, senza la durezza del giorno, e per la prima volta lui si sentì libero. Dal dolore e dai ricordi, ma anche dalla vita che aveva condotto fino a quel momento, compressa come una cella di prigione, fatta di Marie e di Carminucce e di preti come padre Luigi, che imponevano l'ora del ritiro. E forse per quella luce strana, forse per quei suoni di chitarra, sentì all'improvviso forte e dolorosa la voglia di riprendersi il mondo.

Thomas lo guardò e parve capire.

«Non esci mai la sera?»

«Poco, certe volte faccio un giro intorno alla chiesa o arrivo a St. Bartolomew, dove c'è un po' di verde. Ma alle undici bisogna essere in camera o chiedere il permesso a padre Luigi se si torna dopo».

«Alle undici! Peggio che essere al college! Dunque non conosci ancora Londra. Da quanto tempo sei qui?»

«Da quattro anni».

Thomas non fece commenti e non mostrò alcuna meraviglia, si limitò a rallentare il passo e a guardarsi intorno.

«C'è un buon pub da queste parti, vogliamo fermarci a bere una birra? Anch'io quando sono venuto a Londra dodici anni fa ho avuto i miei problemi, mi sono fatto persino una settimana di prigione: cannabis. Mi hanno beccato mentre la fumavo. Eravamo in cinque su un prato come quello, non qui, ad Hampstead. Dentro tutti. Mio padre mi ha spedito il suo avvocato e dopo una settimana ci ha tirati fuori. Per la verità io volevo rifiutarlo, ma gli amici mi hanno detto che ero matto, loro non avevano un *pound* e rischiavano di stare dentro una vita, così ho posto come condizione che difendesse tutti».

«E tuo padre ha accettato?»

«Per forza, rovinavo il nome di famiglia!»

«Lo vedi spesso?»

«Chi, mio padre? Da quando me ne sono andato una volta sola. C'era lo sciopero ai London Docks, degli scaricatori e degli addetti alla pulizia dei bacini, li avevano licenziati tutti. Stavano chiudendo, è stato nel '69, e noi andammo là a sostenerli con le bandiere rosse. Eravamo una trentina. La stampa, *kicked up a row*! Sai cosa vuol dire?» Thomas incominciò ad agitare le braccia in aria: «Un putiferio, perché c'era di mezzo il figlio di un lord. Così mio padre mi fece chiamare nel suo ufficio e minacciò di tutto, anche di diseredarmi. E credo l'abbia fatto» concluse con indifferenza. «Da allora ho cambiato il cognome, ho scelto Morris invece che Spencer, perché non mi sento più uno di loro».

Nunzio lo guardò con ammirazione: nemmeno lui si sentiva figlio di suo padre né fratello dei suoi fratelli dopo quello che era successo. Neanche di sua madre si era mai sentito figlio, piuttosto figghjiu, «'u figghjiu meu», come lei lo aveva sempre chiamato. Che ora gli sembravano parole più straniere di quelle di Thomas.

Eppure di cambiare il cognome non avrebbe avuto il coraggio, per la paura di perdersi per sempre. Non era più uomo e non era donna, gli rimaneva solo l'abito con cui qualcuno aveva ricoperto la sua nudità alla nascita, per distinguerla dalle altre: Nunzio Lo Cascio. Segnando così la sua condanna.

«Sei stanco?» gli chiese Thomas all'improvviso. «Sono talmente abituato alle mie gambe, che mi dimentico che non tutti le hanno tanto lunghe».

«No».

Invece l'andatura di Thomas era stata troppo veloce e il ginocchio incominciava a fargli male.

L'altro lo fissò in silenzio e annuì.

«Comunque il pub è ormai vicino, basta attraversare la strada e prendere per Bloomsbury. Vedrai, hanno un'ottima scelta di birre. Offro io».

9.

Il Bloomsbury Tavern li accolse con la sua atmosfera fumosa e goticheggiante, le pareti rivestite di legno, le vetrate istoriate e la fama, come gli spiegò Thomas ridacchiando, di ultima tappa dei condannati che venivano condotti al patibolo a Marble Arch.

«Una bella bevuta prima del cappio! Questo è il vanto dell'*upper class* inglese: la forma, prima di tutto. Lo sai come si caccia la volpe?» Fece una smorfia disgustata. «Mute di cani allenati a scovare e a uccidere lanciate contro un animale solo, che deve difendersi con la velocità e l'astuzia. E una muta di lord e lady a cavallo strizzati nelle loro giacche rosse, opportunamente profumati e impazienti di lanciarsi nella mischia. Senza rischiare niente. Naturalmente ci sono i rituali da rispettare, guai a mancarne uno! E i battitori vanno a piedi. Sono *low class*, loro. Da bambino mio padre mi costringeva a partecipare, anche se poi la notte avevo gli incubi e sognavo la volpe insanguinata, sbranata dai cani. Mi ricordo il mio *blooding*, il mio battesimo di sangue: era una volpe rossa, una femmina incinta, stava a terra con la pancia squarciata. Gli uomini trattenevano i cani, erano stati i terrier a scovarla e a tirarla fuori dalla tana dove si era rifugiata, da allora li odio. Si avvicinò il maestro di caccia, infilò due dita nello squarcio e mi segnò le guance, due strisce rosse. Poi la finì con un colpo».

Un flash improvviso gli attraversò la mente e chiuse gli occhi. Antonio. Non si sarebbe liberato mai di quella notte. Buttò giù la birra d'un fiato, sentì lo stomaco gonfiarsi, una nausea violenta, poi le bolle risalirono verso la gola e la birra pietosa lentamente s'impossessò del cervello.

«Quando sono andato a Cambridge ho chiuso con la

caccia. È stata la prima occasione di scontro con mio padre e un'importante presa di coscienza per me: le volpi mi hanno insegnato a stare dalla parte dei più deboli. Una scelta di classe!» concluse Thomas sorridendo e alzando il boccale.

Avevano trovato un angolo relativamente tranquillo in mezzo alla confusione dell'ora e quella era la sua terza birra. Adesso Nunzio avvertiva una sensazione di torpore e di rilassatezza.

«Allora sei comunista».

«Sì, direi di sì, soprattutto un ammiratore di Marx. La sua analisi della condizione della classe operaia inglese è un modello ancora oggi, sono cambiati i tempi, ma lo sfruttamento rimane. Basta guardarsi attorno, andare nell'Est a vedere come sono le scuole, i servizi, come vivono nelle case popolari, o nella zona dei Docks. Il Labour non fa abbastanza per questa crisi: chiudono i Docks, i disoccupati crescono a vista d'occhio e Callaghan cosa propone? Rigore, politica dei redditi, come un conservatore!»

Si fermò all'improvviso perché si accorse che Nunzio non lo seguiva: aveva lo sguardo assente e smarrito che gli aveva visto spesso durante le lezioni. Non era la stanchezza dopo una giornata di lavoro, lui era altrove.

«Ho parlato troppo, scusami. E tu?»

«Io?»

«Sì, tu. Perché…?»

Non finì la domanda. Chi è stato educato a Eton non perde le buone maniere facilmente, anche se ha deciso di chiamarsi Morris e se è alla quarta birra; chi è stato educato a Eton può parlare di sé, ma non può violare la privacy di un altro.

In quel momento qualcuno accese il juke-box dalla parte opposta del locale, quasi di fronte al banco del bar, e la musica li raggiunse. Una musica struggente e disperata.

Remember when you were young, you shone like the sun…

«I Pink Floyd» disse Thomas Morris a voce bassa.

Nel pub s'era fatto un silenzio improvviso.

Shine On You Crazy Diamond…
«L'hanno dedicata a Syd Barrett, dopo che ha lasciato il gruppo».
Now there's a look in your eyes, like black holes in the sky…
«La conosci?»
Nunzio non rispose e alzò le spalle. Una smorfia gli storse la bocca e tuffò il viso tra le mani. Quella notte, seduto a un tavolo del Bloomsbury Pub, un quasi sconosciuto davanti, pianse per la prima volta Antonio e per la prima volta raccontò la sua storia. In italiano e nel dialetto della sua terra disse del suo amore e di come gli aveva riempito le notti e i giorni, e della sua morte spietata, e dov'era adesso Antonio, anche lui splendente nel sole come un diamante. Raccontò il buco nero della sua solitudine, non nel cielo, ma dentro, nel corpo. Raccontò che certe volte gli pareva di non avere più niente, non il cuore e nemmeno i polmoni e di come tirava fuori l'aria a fatica.

No, i Pink Floyd non li conosceva, ma anche loro dovevano avere un dolore, solo il dolore fa muovere l'anima in questo modo. E a Londra non c'era venuto, ce l'avevano mandato, l'avevano costretto, anche se adesso era contento di esserci. E come avrebbe potuto vivere laggiù?

«*Thank you, Thomas, and sorry*, anche se sei comunista non m'importa. Io i comunisti non li potevo vedere ma tu sei una brava persona. Tu provavi pena per la volpe incinta, loro per un ragazzo di vent'anni… niente».

La canzone era finita da tempo e il brusio delle voci aveva ripreso a crescere col numero delle birre. Lui alzò il viso dalle mani, gli occhi gonfi e il naso che gli colava: mai Thomas aveva visto un uomo piangere in quel modo ed era sgomento. Non aveva capito niente di quello che aveva detto, ma il dolore è come la musica, arriva sempre.

«*Thank you*, Thomas» ripeté Nunzio soffiandosi il naso. «*And sorry*».

«Oh! No, no… Io penso… Sai quella piccola volpe… Ci guardava, a terra, e aveva uno sguardo… Mio padre poi la fece imbalsamare, non tutta, solo la testa. Quando entravo nella biblioteca era lì, sulla parete del camino, e non potevo fare a meno di ricordare il suo sguardo mentre moriva. Gli animali non muoiono come gli uomini, sembrano avere più nobiltà. Forse perché sono inconsapevoli o perché sono rassegnati. Chissà!»

Sorrise e chiamò il cameriere per un'altra birra.

«Io no, grazie» disse Nunzio. Adesso sentiva una spossatezza infinita e si chiedeva se ce l'avrebbe fatta a tornare a casa.

«D'accordo, allora il conto. Se non ci fossi stato tu sarei andato avanti, ormai tendo a esagerare. Mi hanno abituato i compagni lavoratori: cos'altro può fare un disoccupato? O beve o fotte».

Districò le lunghe gambe da sotto il tavolo e si alzò stiracchiandosi. Era così alto che riempì tutto lo spazio. A Nunzio ricordò il san Cristoforo della chiesa madre del suo paese, che l'umidità aveva quasi cancellato e suo padre aveva fatto restaurare a proprie spese, perché la devozione è devozione, dicendo a don Vincenzo che ci doveva mettere la targa col nome suo, e bella grande.

Fuori, l'aria fresca della notte gli ridiede le forze.

«La biblioteca è poco lontana, vogliamo andare?» gli chiese Thomas.

S'incamminarono lentamente e poi con maggiore speditezza e a ogni passo sentiva che il vigore ritornava. Aveva la testa vuota, senza pensieri, una lavagna tutta da scrivere, come se fosse nato in quel momento. Ascoltava la voce di Thomas che gli raccontava di quando Marx era arrivato a Londra con la famiglia e della loro povertà, capiva e non capiva, ma ascoltava. E talvolta rispondeva, senza sforzo, lasciando che fossero le parole della nuova lingua a farsi strada da sole, altrimenti preferiva il silenzio.

Quando arrivarono alla porta della canonica della chiesa di St. Peter erano le due di notte e sulla strada deserta solo la luna la faceva da padrona, e qualche gatto.

«Come farai ad entrare?» gli chiese Thomas. «Vuoi dormire da me?»

Gli spiegò che non poteva, le regole erano strette, bisognava prima informare padre Luigi.

«Aspetto qui, sullo scalino della chiesa. Il sagrestano apre alle sei, sono solo quattro ore».

«Come un *homeless*» disse Thomas sorridendo. «Allora ci vediamo il prossimo giovedì» e si allontanò a grandi passi.

Non parlarono mai di quella notte né di quello che lui aveva raccontato, nemmeno quando la loro amicizia si fece stretta e presero l'abitudine di vagare per Londra la notte sui luoghi di Marx. Nemmeno quando l'inglese diventò la sua lingua e lui incominciò a pensare in inglese e a sognare in inglese: quella notte d'inizio rimase così, come una notte nuziale, con le sue lacrime e il suo segreto. Ma non ascoltarono più *Shine On You Crazy Diamond*.

10.

Si fece anche per un altro scopo la festa, e forse solo per quello: per combinare il fidanzamento tra me e Francesco Scipuoti, detto «u miraculatu» perché a sette anni era caduto da una terrazza e non era morto. Si era però storpiato, e camminava con una gamba artificiale che sembrava vera. Francesco Scipuoti aveva trentacinque anni e quando io ne avevo otto me lo ricordo alla festa della Madonna dei Polsi, che portava lo stendardo e andava un po' di traverso, come fanno i cani quando tirano su una zampa. Era un amico di mio padre ma soprattutto dello zio Rocco, che lo teneva in grande considerazione.

Arrivò su una Ferrari rossa che la festa era già incominciata e parcheggiò proprio davanti al ristorante, dove gli avevano riservato il posto. E gliel'avevano anche riservato al tavolo mio, non di fronte a me ma più scostato, oltre gli zii e le donne.

«Scusate, scusate. Avevo una cosa da sbrigare». Venne avanti tra sorrisi e cenni del capo, una stretta di mano a mio padre e agli zii, e poi mi guardò. «Chi è mai questa bellezza? Ti vitti figghjiola e ora... Santinu, u facisti bonu u to lavuru!»

Ci fu una risata generale e io mi sentii bruciare di vergogna.

«È vero» rispose mio padre drizzando le penne «e questa bellezza costa. Più della macchina tua».

Questa volta fu lui a ridere, mia madre invece abbassò la testa.

Fu strana mia madre quella sera, svogliata e quasi triste. Ma io non capii. Ero così presa dalla festa, la musica, i brindisi, i lampi del fotografo, finalmente al centro della vita dopo la prigione, che non capii. Ballai con tutti e anche da sola, il vestito rosso che mi fasciava più della pelle, le gambe che apparivano e scomparivano tra gli spacchi e gli occhi degli uomini addosso come cani affamati. Li sentivo tutti, quasi li contavo a uno a uno, e ne ero ubriacata: credevo d'essere io a condurre il gioco. Avevo diciott'anni e non avevo mai fatto l'amore con un uomo, l'avevo solo immaginato.

Francesco Scipuoti aveva rigirato la sedia per guardarmi e sorrideva con un bicchiere in mano. Aspettò un lento e si alzò. Un ragazzo che si stava avvicinando si fece da parte e lui ringraziò con la testa, poi mi chiese il ballo.

«Non sono molto bravo, ma spero di non rovinarti il vestito. Sarebbe un peccato se ci mettessi un piede sopra e si strappasse tutto. Non è vero?»

Mi percorse con gli occhi, poi mi prese la mano destra e se la mise sulla spalla. L'altra me l'appoggiò sul fondo della schiena, pesante e calda. Era più basso di me e dall'alto dei miei tacchi gli vedevo la fronte diradata e imperlata di sudore e un neo scuro sulla chierica. Si muoveva lentamente ma in modo imperioso, guidandomi con la pressione della mano.

«A ballare ci vado qualche volta, a Reggio soprattutto. Ma in genere preferisco i night, dove si beve e si parla. Si guarda anche e si combina altro» concluse ridendo. «A Milano ce ne sono di quelli… Conosci Milano?»

«No».

Approvò con la testa. «Tuo padre mi ha detto che stai studiando ancora, da ragioniera. Brava, mi piacciono le donne che lavorano, che hanno iniziativa». Adesso la sua mano si era spostata sul mio fianco e palpeggiava. Mi scostai da lui e lo guardai in faccia con indignazione. Il miracolato sorrise e annuì con la testa. «Brava, è così che ti voglio» disse, e mi lasciò.

Ritornammo al tavolo tra gli applausi e io non avevo ancora capito. Incominciai a capire una settimana dopo, quando nonna Carmela mi convocò da lei.

«Mi hanno detto che la festa fu bella e che tutti furono contenti. Anche Francesco Scipuoti. E tu?»

Ecco gli occhi di carbone di nonna Carmela, attaccati come ventose alla mia faccia.

«Mi è piaciuta, mi sono divertita».

«E Francesco Scipuoti cosa ti disse?»

«Niente, cosa doveva dirmi, nonna? Le solite cose che si dicono a una ragazza».

La nonna annuì, andò al frigorifero e prese una caraffa piena di latte di mandorle. La sua specialità. Nessuno preparava un latte come il suo, insieme ai biscotti che teneva in una scatola sul secondo ripiano della credenza, dove aveva i liquori al limoncello e all'arancio. Apparecchiò la tavola con un centrino di pizzo, dispose tutto e prese i bicchieri. Come sempre, come accadeva da quando ero bambina. Biscotti alle mandorle e latte ghiacciato, andavo da lei per questo. Ci sedemmo.

«Ora che sei grande dovrei offrirti il liquore. Ne vuoi un poco?»

Fece per alzarsi.

Le dissi di no, che alla festa avevo bevuto abbastanza, anche lo champagne che aveva offerto Francesco, e ne ero uscita quasi ubriaca.

«E ti è piaciuto?»

«Lo champagne? Insomma…»

«No, 'u miraculatu».

«Vuoi scherzare?! È vecchio, è già senza capelli… E poi io non mi voglio sposare».

«Ai miei tempi le femmine prendevano quello che la famiglia decideva e basta. Anche tuo nonno aveva quindici anni più di me e fu un buon marito».

«I tempi sono cambiati, nonna, e io non voglio fare la fine di mia madre».

«E chi volivi i fai, u teatro?» La nonna alzò la voce.

«Non è un posto per puttane come pensi tu. E le puttane stanno dappertutto, anche in questo paese!»

Mi alzai di scatto.

«Ssettati!» mi ordinò, ma non le ubbidii e mi avviai verso la porta. «Se è per questo non ti posso dare torto, figghjia mia» sospirò alzandosi a fatica. «Aspetta, ho da darti una cosa».

Si avvicinò, frugando con la mano dentro la maglia nera che portava estate e inverno, scollata quel tanto che si potesse vedere il medaglione appoggiato alla congiunzione del petto, perché lì lo zio Nunzio doveva stare. Frugò con una certa fatica tra le pieghe del grande seno e tirò fuori una busta spiegazzata.

«Questa ho da darti. Che le Anime Sante del Purgatorio ti custodiscano».

La sorpresa fu tale che non dissi una parola, presi la busta e la infilai nella tasca dei jeans. Poi aprii la porta.

«Grazie, ci vediamo, nonna».

Ero arrabbiata per quello che aveva detto, per quella sua idea del matrimonio a ogni costo che mi pareva tutta sua, una fissazione da vecchia come l'abito nero e le anime del Purgatorio. E anche perché non mi aveva fatto nemmeno gli auguri, ruvida e ostinata come sempre. Ma contavo di ritornare, invece fu l'ultima volta che la vidi. Quanto alla busta, era la stessa che mi dava da bambina per i compleanni e a Natale, con un foglio da cinquantamila lire dentro. Così pensai e nemmeno la guardai quando fui a casa, la buttai sul ripiano del cassettone e uscii.

Il giorno dopo arrivò un furgoncino, FLORAL-VIBO diceva la scritta, e si fermò davanti alla pescheria. Io ero al banco con mia madre.

Scese un giovane, si affacciò, chiese: «Sta qui Annina Lo Cascio?» Sparì, aprì il retro del furgone e si ripresentò con una cesta che lo copriva per intero. Cento rose rosse.

«Ci dev'essere un errore».

Estrasse un biglietto e controllò.

«Annina Lo Cascio?»

«Sì».

«Allora è qui. Auguri!»

Appoggiò la cesta sul tavolino della cassa e se ne andò.

In pescheria c'era Rosa Losurdo, una che campava sulle chiacchiere, e subito si avvicinò.

«È per lei?» e intanto gli occhi frugavano tra i fiori. Sbavava dalla voglia Rosa Losurdo, ma mia madre fu più rapida, prese la cesta e la portò nel magazzino.

«Saranno i compagni di scuola, avevano detto che le avrebbero fatto una sorpresa. Avranno pensato al colore del vestito...»

«Rosso era?»

«Rosso e con gli spacchi qui» spiegò mia madre.

Naturalmente Rosa sapeva tutto, forse anche quello che noi non sapevamo, ma mia madre si diede pena di raccontarle ogni cosa dell'abito, e come l'avevamo scelto e dove la stoffa e quale la sartoria... La migliore di Reggio.

Rosa ascoltava con un sorrisetto che le correva tra i baffi e la linea delle labbra, stirandole appena. Parla, parla, sembrava dire, tanto si sa come andranno le cose, e io mi sentivo sull'orlo di un abisso. Sapevo e non volevo sapere. Mi attaccavo alla favola dei compagni o di un ammiratore sconosciuto, perfino a quella di mio padre, che poteva nei suoi giri essere capitato a Vibo e avere pensato alla figlia sua che aveva appena compiuto i diciotto anni. Una sorpresa, come una volta mi portava le bambole o i peluche.

«Bene, adesso me ne vado» disse finalmente Rosa con una smorfia di rammarico, «sennò chi lo vuole sentire mio marito?»

Poi ci furono altri due clienti e quando alla mezza chiudemmo, io ero in agonia. Andammo di là dov'era la cesta, sopra una cassetta di pesce.

«Guarda tu» dissi a mia madre.

Frugò tra le rose e tirò fuori un biglietto e un piccolo involucro. Non dimenticherò mai la sua faccia, pareva che ogni muscolo, ogni lembo di pelle avessero ceduto: aveva quarantasei anni mia madre e in quel momento mi sembrò una vecchia. Lo lessi come un capo d'accusa, e mentre aprivo il biglietto e il pacchetto pensavo di avere già la colpevole davanti.

Cento rose rosse per una bellezza che ne vale mille. Francesco.

Seguiva un anello con brillante.

«Sapevi tutto, sapevi tutto e non mi hai detto niente!» urlai. «Anzi, hai preparato il vestito perché mi mettessi in mostra. Venduta mi hai, venduta!» Buttai la cesta e l'anello a terra e scappai in camera. Mia madre non disse una parola.

Tornò mio padre e venne alla porta, scuotendola.

«Annina, apri! Quello è un bravo giovane e la sua è una famiglia importante. Apri t'ho detto!»

Non gli risposi.

«Annina, non mi tentare o te ne pentirai! Tu non mi conosci ancora, non sai chi è Santino Lo Cascio!»

Di nuovo non gli diedi risposta. Sapevo che questa era per lui una sfida inaccettabile e decisi di sfidarlo fino in fondo; sentivo che, se non lo avessi fatto in quel momento, sarei stata perduta.

Lui si accanì contro la porta per un poco e se ne andò. Allora feci la valigia e tirai fuori dal salvadanaio i miei risparmi, duecentomila lire: potevo prendere il treno e arrivare a Milano, poi... Non importava, ci avrei pensato dopo. Avevo il pomeriggio intero davanti perché quel giorno mio padre portava il pesce nei paesi dell'interno, ma dovevo sbrigarmi.

Quando stavo per uscire mi ricordai della busta, la presi e la infilai nella borsetta.

Fuori trovai mia madre in attesa.

«Te ne vai...?» disse.

La sua non fu una domanda, fu una constatazione. Ora lo so.

«E dove?»

Non glielo dissi, non mi fidavo più di lei.

«Non lo so, te lo faccio sapere quando arrivo».

La faccia di mia madre era così pallida che sembrava prossima a svenire. Avrei voluto mantenere tutta la mia durezza, punirla per quello che mi sembrava un tradimento, ma non ci riuscii. Sapevo che poteva essere un addio senza ritorno e l'abbracciai. Adesso ne sono contenta.

Mia madre non disse una parola né fece un gesto, si lasciò abbracciare e basta.

In questo modo me ne andai.

Per fortuna era un giorno di scirocco anticipato e soffocante e le strade del paese erano deserte. Uscii con la valigia in mano, contando sul fatto che chi era in casa stesse riposando, e mi avviai verso la parte bassa del paese dove abitava Giuseppe Macrì. Sapevo che era tornato da Catanzaro, l'avevo rivisto alla festa del mio compleanno, e che aveva l'automobile. Suonai e per fortuna si affacciò lui.

«Annina! Che fai qui con questo caldo?»

«Ho perso l'autobus, potresti accompagnarmi a Lamezia?»

«A Lamezia?!»

«Sì, lo so che non è vicino, ma è urgente. Ti spiegherò in macchina».

Le mie precedenti fughe mi avevano insegnato la prudenza, perciò mi limitai a dire l'essenziale e a Giuseppe raccontai la storia di un'audizione quasi certa a Roma, che non potevo perdere.

«Accidenti, Annina, che fortuna! Io mi sto ancora sbattendo di qua e di là per entrare all'Accademia d'Arte Drammatica e tu sei quasi arrivata!»

Sprizzava ammirazione sincera da ogni parte.

«Non esagerare, non è ancora detto…»

«E come ci sei arrivata?»

M'inventai un'agenzia, un settimanale, delle foto…

«Certo che col fisico e con gli occhi che ti ritrovi… Non fraintendermi, non provo invidia: come si fa a invidiare i doni degli dei? Si ammirano con trepidazione e si è grati quando si possono godere. Tutto qui» concluse sorridendo.

Giuseppe era strano, non era uno di noi, non lo era mai stato. Per questo ero andata da lui. Non si esprimeva come noi, neanche quando usava il dialetto, e non pensava come noi. Non perché si considerasse superiore, semplicemente era così. Da ragazzo lo prendevano spesso in giro, però non faceva niente per cambiare o per farsi accettare, ma nemmeno si arrabbiava: continuava a essere quello che era. L'unico che avesse coltivato il teatro dopo che Sandro e Margherita se n'erano andati e che fosse in contatto con loro, come mi raccontò durante il viaggio.

Anche nell'aspetto era diverso. Aveva frequentato il classico e parlava come un professore, ma sembrava un ragazzino. Basso, coi capelli rossi e ricci, faceva quasi impressione vederlo al volante. Solo la voce era cambiata, si era fatta profonda e modulata, e anche questo era curioso. Insomma Giuseppe era una mescolanza strana, ma era l'unico di cui mi fidassi.

«Quindi quest'estate andrai in Danimarca? Dici che sono fortunata io. E tu, allora?»

«Sì, hai ragione. Vado a frequentare un corso dell'Odin per sei mesi e, se va bene, spero di restare là per qualche anno».

«Allora vedrai Sandro e Margherita?»

«Mi hanno chiamato loro».

Le certezze di Giuseppe e i poveri stracci delle mie bugie! Fui assalita da un'amarezza invidiosa e per un momento fui tentata di raccontargli tutto e di partire con lui. Ma come avrebbe reagito? E dove mi sarei nascosta nell'attesa?

Che ero in fuga, una fuga senza ritorno, mi fu chiaro all'improvviso, quando dopo un certo silenzio Giuseppe si mise a ridacchiare.

«E pensare che il giorno della tua festa avevo creduto... Ma anche altri, sai? ... Che quel Francesco Scipuoti che è arrivato sulla Ferrari fosse lì per te. Circolava questa voce. È un pezzo grosso della famiglia di Taurianova, almeno così dicevano...»

La gola mi si chiuse.

«Sei pazzo?»

«Sì, lo so, è stata una sciocchezza. Eri così bella quel giorno, che quasi m'innamoravo anch'io: naturalmente senza speranza».

«Io non voglio legami, mi capisci? Non voglio uomini, non voglio mariti, non voglio padri...Voglio essere libera. Voglio...» Che cosa? Non sapevo nemmeno dove andare.

Incominciai a piangere.

Giuseppe si fermò e mi offrì un fazzoletto. Mi guardava con una meraviglia rassegnata, come davanti all'inspiegabile. E così era infatti.

«Scusami, non so cosa mi sta succedendo».

Annuì, pieno di voglia di credermi, e non aggiunse altro. Di quel silenzio gli sono molto grata, e anche della stretta di mano che mi diede davanti alla stazione: niente abbracci, solo un sorriso e un «buona fortuna». Niente parole inutili. Rimase in piedi davanti all'automobile finché non entrai nell'atrio, e di lui non ho saputo più nulla.

Guardai il tabellone, per Milano avevo una mezz'ora di tempo. Andai alla cabina e feci il numero di Concetta. Stavo saltando nel vuoto da una finestra, sperando in una rete: da un anno non avevo sue notizie, né contatti telefonici; per quello che ne sapevo, Concetta poteva essere a Milano o in capo al mondo. Infatti non rispose.

Tornai all'uscita e cercai Giuseppe e la sua automobile, ma non c'erano più. Allora fu il panico. Erano le sei, il treno sarebbe arrivato di lì a quindici minuti, potevo fermarmi a Roma, Firenze, in un posto qualsiasi. O non partire.

Chiusi gli occhi. In quel momento mi tornò alla mente il piazzale della stazione di Reggio Calabria e mio padre che mi aspettava accanto al furgoncino. Li riaprii di colpo, terrorizzata, senza avere il coraggio di guardare e corsi alla biglietteria.

«Un biglietto per Milano».

«Cuccetta?»

«No». Non volevo dormire con degli sconosciuti. «A che ora si arriva?»

«Domattina alle sei e trenta».

Feci appena in tempo a prendere un paio di panini e dell'acqua e a salire, che il treno si rimise in moto. Se mio padre mi stava inseguendo, qui non mi avrebbe ripresa. Ma solo quando arrivammo a Salerno mi sentii salva. A Napoli il treno faceva una sosta abbastanza lunga e scesi alla ricerca di una cabina telefonica. Chiamai Concetta e mi rispose la voce di un uomo.

«Sono Claudio, chi cerchi?»

«Concetta, sono una sua amica. Mi chiamo Annina».

«Ah, sì, ti conosco. Mi ha parlato spesso di te. Concetta non c'è, questa sera è impegnata».

Mi sentii disperata. Pochi minuti, solo pochi minuti per dire a uno sconosciuto che avevo bisogno di aiuto.

«Sono in viaggio per Milano…»

«Dove sei adesso?»

«A Napoli».

«Bene, e a che ora arrivi? Qualcuno di noi ti verrà a prendere».

Il treno era pieno di cattivo odore e di gente che russava. Mi sistemai nel corridoio su uno strapuntino, con la valigia accanto e la borsa stretta fra le mani. Verso le dieci passò il controllore e la aprii per prendere il biglietto. Fu allora che diedi un'occhiata alla busta della nonna: conteneva dieci biglietti da centomila lire. Come avevo fatto a non accorgermene?

Decisi di telefonarle dalla stazione non appena arrivata a Milano, ma trovai Claudio ad aspettarmi e me ne dimenticai.

11.

Il 30 gennaio 1979 Nunzio si trasferì al numero 7 di Dean Street a Soho. La strada era piena di sacchi di rifiuti non raccolti e la neve ammucchiata contro i muri fino a un metro di altezza aveva ridotto il passaggio a una strettoia infida. L'atmosfera era quasi spettrale in quel tardo pomeriggio, solo le luci che filtravano dalle finestre del Quo Vadis davano una garanzia di vita.

Il numero 7 consisteva in un portoncino di un blu stinto e pieno di ferite, che si apriva cigolando. Una scala piuttosto ripida, rivestita da una moquette consunta, portava al secondo piano sul quale si affacciavano due porte. Quella a destra aveva al centro un biglietto attaccato con tre puntine, un angolo accartocciato e una scritta in stampatello: P. FULHAM. Nunzio lo strappò, infilò la chiave nella porta e l'aprì.

«Certo la presentazione non è delle migliori» ridacchiò Thomas fermandosi sulla soglia e guardandosi intorno. «Ma noi faremo di tutto per renderlo *comfortable*, non è vero?»

Si trattava di un appartamento ammobiliato dal proprietario, il signor Fulham del biglietto, con mobili e suppellettili rimediati qua e là da rigattieri o da fondi di cantina. Un'unica stanza col pavimento rivestito di un linoleum grigiastro, un divano letto dall'aria sdrucita, un tavolino di lato e un tappeto che aveva perso i colori, un paio di sedie metalliche che affiancavano un finto caminetto. Solo elemento di spicco una serie di grandi foto in bianco e nero alla parete con immagini del deserto africano. Sulla destra, un bugigattolo con un fornello a gas e una rastrelliera con qualche pentola e un po' di vasellame e un bagno tisico con water e lavandino quasi sovrapposti. Cinquanta sterline alla settimana.

«Non proprio economico, considerato quello che guadagni e lo stato delle cose. Ma abiti pur sempre in un luogo importante, a due passi dalla casa in cui è vissuto Marx, e lavori sotto la sua ala protettrice. Mio caro, la scelta non poteva essere migliore!»

Non era una battuta di spirito, Thomas ne era convinto, ed era forse l'unico a essere contento in quei giorni.

«*The Winter of Discontent*», l'inverno dello scontento, come lo aveva chiamato anche il Primo ministro citando Shakespeare: scioperi dilaganti in tutto il settore pubblico e l'inverno più freddo degli ultimi sedici anni. Alla fine, nemmeno i sindacati riuscivano più a controllare le singole rivendicazioni: camionisti, infermieri e addetti alle ambulanze, netturbini… Nella zona di Liverpool e Tameside anche i becchini in sciopero, e i morti che aspettavano da settimane di essere sepolti. Thomas fiutava aria, se non di rivoluzione, di cambiamenti radicali.

«Non possono essere i lavoratori a pagare rinunciando agli aumenti salariali, dev'essere la gente come mio padre, e Callaghan non può farsi dettare la linea politica dal Fondo monetario. Se le Unions si accordano col governo, peggio per loro! I lavoratori non le seguiranno e l'avranno vinta. Ne sono sicuro, questa è la nostra grande occasione, è la nostra rivoluzione».

Era euforico e si spendeva senza risparmio: volantini, viveri, cibo caldo. La Lega dei giovani comunisti aveva organizzato dei punti di ristoro e lui a correre sulla vecchia Audi che era stata allestita per portare pentole fumanti da un picchetto all'altro. Anche Nunzio lo accompagnava quand'era libero dai turni di lavoro, ma con una certa apprensione conoscendo le idee del signor Leoni, il proprietario del Quo Vadis, dove lavorava da quattro mesi.

Il signor Leoni, seduto sullo scranno accanto alla cucina

dalle undici del mattino fino alle tre del pomeriggio, e di nuovo dalle sette a tarda sera, controllava la vita dell'intero ristorante e ne ascoltava il respiro. Un cameriere lento nel servizio, un piatto posato male, un sorriso negato a un cliente: niente gli sfuggiva. Da qualche tempo, però, il suo sguardo guercio sotto le palpebre pesanti si dirigeva all'esterno, oltrepassava i vetri incorniciati dalle tende e si fermava lì, immobile, su quella strada deserta dove transitavano soltanto passanti frettolosi e infreddoliti. Non era nella sua natura di ristoratore farsi prendere dall'ira e nemmeno se lo poteva permettere alla sua età, con la pressione galoppante; ma ogni tanto qualcosa in lui cedeva. Allora un mugolio sordo risaliva dalle viscere alla gola e si traduceva in un borbottio confuso di lingue e dialetti che solo sua moglie capiva fino in fondo.

Ce l'aveva con la debolezza del governo, Peppino Leoni, e con lo strapotere del sindacato che aveva prodotto quel disastro e vuotato da oltre un mese il suo ristorante. Era un nostalgico delle maniere energiche e a proposito dell'inquilino che aveva abitato più di un secolo prima sopra la sua testa, quel Marx che una targa ricordava, si limitava a dire con una sintesi piuttosto sbrigativa: «Colpa sua». Degli scioperi, del caos, forse anche di quella neve che ingombrava la strada e impediva alle automobili il passaggio.

«Dovresti rispondergli, spiegargli le nostre ragioni» gli diceva ogni tanto Thomas, che della sua precedente condizione di figlio di lord aveva conservato una certa astrattezza e l'incapacità di capire i problemi materiali.

Questo faceva di lui una persona disinteressata e generosa fino alla dissipazione di sé e delle sue risorse. Aveva ereditato da una zia una casa su Cavendish Square e anche una certa sostanza, che più che a se stesso e ai suoi bisogni servivano alla causa dei lavoratori. La casa era diventata la sede della Lega dei giovani comunisti, dove si facevano riunioni, si preparava il materiale di propaganda e si viveva. Era un passaggio continuo di gente, operai che non potevano rientrare per gli scioperi, attivisti, senzatetto e disoccupati. Una volta anche due misteriosi irlandesi, che si sussurrava appartenessero all'Ira. Si dormiva sui letti e nei sacchi a pelo qua e là, si discuteva molto e si ciclostilava.

Anche Nunzio ci aveva abitato per otto mesi, quando se ne era andato da St. Peter dopo una discussione accesa con padre Luigi, che lo aveva accusato di frequentare un pericoloso sovversivo.

«Pericoloso sovversivo!» aveva riso Thomas. «Difendo solo le ragioni di chi è più debole; e non è quello che dovrebbe fare anche la tua Chiesa? Almeno io sono ateo».

Tuttavia non era così semplice, alla porta di Cavendish suonava spesso qualche poliziotto e nemmeno i sindacati erano contenti di vederli. Ogni tanto spintoni e minacce, quando si presentavano coi volantini e i viveri, ma Thomas non demordeva: la sua convinzione della necessità di quelle lotte e della vittoria finale dei lavoratori non conosceva dubbi e non ammetteva compromessi.

Nunzio era ammirato da tanta generosità e nello stesso tempo in allarme. La sua origine e la natura della terra in cui era nato e cresciuto si scontravano continuamente con quello che accadeva intorno a lui: là ogni cosa era frutto di calcolo e scambio e l'orizzonte non andava oltre la famiglia e i suoi interessi, qui grandi discorsi e citazioni, il Vietnam, l'America Latina, l'imperialismo e un dare eccessivo senza chiedere niente. Ma anche un prendere, lui sospettava.

«Approfittano di te, ti portano via la roba» disse una volta a Thomas.

Ma lui aveva alzato le spalle sorridendo: «Vuole dire che ne hanno bisogno, non credi? E poi mia zia ha accumulato un mucchio di inutili gingilli, se portano via qualcosa mi semplificano la vita».

Col passare dei mesi quel bivacco continuo incominciò a infastidirlo: la bella casa dagli arredi Liberty aveva assunto l'aria sfatta e malinconica di una signora reduce da una bevuta o da un'orgia, e ogni suo tentativo di riordinare e ripulire si era presto rivelato inutile. Queste furono le prime ragioni di disaccordo con Thomas, «*small things*» come diceva lui, rispetto alla loro amicizia. Si era licenziato da Attilio dietro sua richiesta per occuparsi della cucina e della casa, ma dopo un po' si ritrovò pentito: gli pesava dipendere dalla generosità dell'amico e sentiva il bisogno di un posto più tranquillo e di un lavoro retribuito.

Un giorno, passando per Dean Street, aveva visto quel ristorante e d'impulso era entrato.

«Avete bisogno di un cameriere?»

Era pomeriggio e il ristorante era vuoto.

Peppino Leoni dal suo scranno lo aveva pesato a lungo con gli occhi e poi gli aveva detto in italiano: «Fammi vedere come sai sistemare i tavoli».

Quella sera stessa aveva incominciato a lavorare e quattro mesi dopo trasferì al 7 di Dean Street le sue poche cose.

«Credo che sia soprattutto una questione di luce» proseguì Thomas. «Oggi è una giornata particolarmente grigia, non trovi? E naturalmente ci sarà bisogno di dare una rinfrescata e aggiungere qualche dettaglio all'arredamento».

«Sì, forse hai ragione» rispose di malavoglia cercando di nascondere la sua delusione. Quando aveva visitato la stanza con l'agenzia non gli era sembrata così squallida e gelida, ma forse era la presenza di Thomas a renderla tale. Adesso la guardava coi suoi occhi, e gli occhi di Thomas erano abituati alla casa di Cavendish Square: bei mobili, luci diffuse e tepore di caloriferi mascherati nelle pareti.

«In ogni caso è comoda, a due passi dal ristorante e non lontana da casa tua» aggiunse. Più per se stesso che per l'amico accanto.

«Assolutamente!» disse Thomas con un tono che gli sembrò innaturale, incominciando a cercare gli interruttori. Delle tre lampade si accese solo quella sul tavolino, diffondendo dal paralume una luce butterata che accentuò, se fosse mai stato possibile, la desolazione del luogo. «Il riscaldamento?» Il riscaldamento consisteva in due stufette elettriche che ce la misero tutta, e senza risultato, per contrastare il freddo umido e implacabile delle pareti e del soffitto. «Senti, io proporrei di tenerle accese tutta la notte e che tu venga a dormire da noi finché l'appartamento non si sarà riscaldato accettabilmente».

Accettabilmente… Questo secondo Thomas doveva bastargli.

Un pensiero fulmineo fece scattare qualcosa dentro di lui, forse orgoglio o un arcaico senso di dignità e di rivolta. All'improvviso avvertì che lo divideva dall'amico un incolmabile divario, del quale quel luogo sembrava la rappresentazione spietata: il figlio di un lord e il figlio di antichi cafoni o banditi, diventato emigrante. La promessa del calcio del suo paese, il vanto di sua madre, il figlio di Ninuzzo Lo Cascio che laggiù contava qualcosa, e non solo in paese, finito in un appartamento che si poteva riscaldare «accettabilmente».

L'idea che Marx aveva abitato non lontano e in un posto ancora più squallido non lo sollevò né lo liberò dalla vergogna di quella povertà. Si sentì sull'orlo di un abisso insuperabile, lui qui e Thomas dall'altra parte, avvertì la sua presenza con un senso di oppressione. Lo schiacciavano quella statura, quelle spalle che riempivano tutto lo spazio. Gli toglievano il respiro.

«No, resto qui. Voglio stare solo».

Nemmeno un grazie, nessuna di quelle formule di cortesia che l'amico non dimenticava mai di adoperare anche nelle discussioni più accese. Lui non era Thomas Spencer, era Nunzio Lo Cascio, un'altra storia. E lo capì nel momento in cui Thomas se ne andava di non appartenere alla vicenda di Marx né alla Lega dei giovani comunisti, e di averlo seguito solo perché gli piaceva il suo grande corpo bianco e muscoloso, eredità del golf e del canottaggio praticati a Eton e a Cambridge. Da tre anni aspettava che la sua amichevole indifferenza si trasformasse in un gesto, uno solo, che non c'era mai stato: lì era l'abisso.

«D'accordo, allora ci vediamo domani. *See you tomorrow*».

Come sempre.

Invece non si videro per una settimana e se fosse dipeso da lui forse non si sarebbero più rivisti. Il saluto cortese dell'amico, quella promessa che non era una promessa gli scatenò una rabbia feroce: non c'è rancore più grande di quello che deriva da un rifiuto non detto e non c'è momento peggiore del momento della verità. Che poi la verità non sia sempre vera, come la menzogna non è sempre falsa, è qualcosa che in quelle notti Nunzio non prese in considerazione.

In quelle notti lui coltivò con cura il suo rancore, condito col dovuto vittimismo per renderlo più graffiante. Dormì nel sacco a pelo sul tappeto logoro e si lavò nel minuscolo lavandino dopo avere versato l'acqua calda sul rubinetto per sciogliere il ghiaccio, cercando di passare la maggior parte del tempo al ristorante per stare al caldo. La luce era razionata e le piccole stufe esaurivano spesso la loro energia per consunzione, come pareva stesse accadendo all'intero Paese.

Furono giorni bui in cui provò una solitudine nuova, un piacere insano di abbrutimento dal quale era lontana ogni forma di solidarietà e di condivisione con gli altri, la pietà era tutta riservata a se stesso. E tuttavia furono i giorni in cui capì Marx e la lotta di classe dall'interno del suo stesso corpo, per il freddo che gli impediva di dormire la notte e l'acqua gelida che gli induriva le giunture, per la rabbia con cui salutava la luce gialla di ogni risveglio e l'odore rivoltante che usciva dal water mentre si sciacquava il viso. E furono anche i giorni in cui decise che, se era frocio, frocio doveva essere agli occhi del mondo senza alcuna vergogna.

Il mercoledì mattina, quando il ristorante era chiuso, Thomas suonò a lungo alla porta. Lui si affacciò: aveva parcheggiato la macchina al centro della strada, poteva scendere ad aiutarlo a scaricare? Visto dall'alto il suo viso era quello di un ragazzo, anche se aveva quarantatré anni, e il corpo sembrava ancora più grande dentro il giaccone imbottito. Nunzio provò un'emozione violenta, un torcimento di tutte le viscere. Veniva giù una pioggerella fine e incerta, quasi primaverile, Thomas sorrideva allegramente e lui, preso alla sprovvista, non trovò una risposta, scese.

La vecchia Audi era stipata di barattoli, pennelli, rotoli di carta. C'era anche un tavolo a gambe insù e un tappeto arrotolato.

«Oggi è la giornata adatta, non credi?»

Indicò uno squarcio di azzurro, il primo da un paio di mesi.

Liberarono la macchina e incominciarono subito a lavorare: intonacarono, misero la carta da parati, inverniciarono. E risero anche, tanto. Nessuno chiese spiegazioni, nessuno le diede, lavorarono e basta.

La sera l'appartamento era sistemato, *comfortable*, come aveva detto Thomas, il quale aveva portato anche una lampada dalla casa di Cavendish. «Non preoccuparti, solo un prestito, quando te ne andrai me la restituirai» gli disse.

E mentre fuori la lotta di classe continuava, la loro finì davanti a un piatto di pasta che Nunzio aveva preparato e a due bottiglie di Chianti di annata che Thomas aveva comprato da Berry Brothers in St. James. Le vuotarono e dopo fecero l'amore sul tappeto. O credettero di farlo, erano ubriachi e quando si svegliarono al mattino, nudi dentro il sacco a pelo, si guardarono senza riconoscersi.

Poi Thomas scoppiò a ridere. «È la seconda volta che mi succede, o almeno è la seconda volta che credo mi sia successo. L'altra ero a Eton, i senior ci provavano e non potevi dire di no. Così mi scolai cinque o sei birre, e poi... Non so, non ricordo niente».

Il corpo di Thomas era accanto al suo, nudo e tranquillo. Era un corpo senza passione e senza carne, bello come un artificio. Non era quello di Antonio che vibrava solo a toccarlo, era un corpo senza testa e senza sesso, tutto altrove. Gli prese il membro tra le mani e lo accarezzò, non si mosse.

«Io sono gay» gli disse.

«Davvero?! Sì, lo avevo anche pensato... Io non so, non credo. Piuttosto di qua e di là. Ho avuto anche una moglie, è durata tre anni, ma poi... Senti, adesso devo andare, c'è un picchetto di macchinisti alla Victoria e dobbiamo essere presenti, il governo è alle strette, prima o poi dovrà cedere». Si alzò e si rivestì in fretta. «La doccia... Puoi venire da me, quando vuoi».

Si piegò e gli scompigliò i capelli sorridendo: «*See you tomorrow*».

L'eunuco di Marx.

Quando fu uscito, Nunzio rimase sdraiato per un po', si sentiva in pace con se stesso e col mondo. La sua era stata una agnizione, e come tutte le rivelazioni gli aveva già cambiato la vita.

Sono gay. Non più frocio o recchione. Gay.

Si alzò e camminò per la stanza finché non incominciò a rabbrividire, poi tirò fuori dalla valigia la foto segreta con Antonio al mare, nudi tra le dune, e l'appoggiò al piede della lampada che gli aveva portato Thomas. *Capo Spartivento. 2 luglio 1969. Ti amo*. Dieci anni, c'erano voluti dieci anni.

12.

La prima volta che vide Funny Jack al Quo Vadis fu un mese dopo, il 9 marzo. Erano le undici di sera e lui stava mettendo a posto la sala prima della chiusura quando Funny entrò, accompagnato da due giovani.

«*Hallo, mister Leoni!*» salutò per primo. «Come vanno le cose?»

«Oh, mister Burney, che piacere rivederla! Sono ormai... otto mesi... E mi domandavo appunto...»

Il signor Leoni era sinceramente contento di vedere il nuovo arrivato, si capì dalla prontezza sorprendente con cui scese dal suo scranno, andando verso di lui col braccio teso.

«Sono stato fuori, a New York e a Ottawa per delle mostre. E sa che cosa mi è mancato di più di Londra, mister Leoni?» Funny Jack fece una pausa e piegò la testa da un lato, sorridendo in modo ammiccante.

«Le fettuccine alla boscaiola!» completò Peppino con una risata.

«Oh, sì, le fettuccine alla boscaiola! Allora questa sera ho detto ai miei amici, dopo che abbiamo finito di suonare: sapete cosa facciamo? Andiamo in un posto che...» Portò le dita alla bocca simulando un bacio. «*Unforgettable!*» e rise rumorosamente, stringendo a sé i due giovani vicini.

Era un uomo di età indefinibile, tra i quaranta e i cinquanta, di un biondo rossiccio, anche sul petto villoso che esibiva dalla camicia bianca sbottonata, lo stomaco del bevitore e un vistoso orecchino al lobo sinistro che gli dava un'aria piratesca. Alto e stempiato, aveva gli avambracci tatuati e pantaloni neri che lo fasciavano, mettendo in evidenza gambe forti e diritte. La voce era gradevole, ma il timbro troppo forte la rendeva volgare e sfacciata era la disinvoltura con cui prese a esaminarlo, a palpebre semichiuse, come un oggetto.

«Nunzio, prepara un tavolo per mister Burney e i suoi amici, presto!» ordinò il signor Leoni andando in cucina.

Un altro cliente a quell'ora sarebbe stato rifiutato. Ma Harold Burney, o Funny Jack come si faceva chiamare, era un artista famoso e agli occhi del signor Leoni un vanto del ristorante, che esibiva alcune sue foto autografate.

«Allora, mister Burney, fettuccine alla boscaiola; e dopo?» chiese riemergendo dalla porta. «Abbiamo un delizioso filetto in crosta con contorni vari e una torta al limone... *superbe!* come dicono i francesi. Dai, sbrigati» disse a Nunzio con uno scatto d'impazienza. «Il signor Burney è affamato dopo la musica, non è vero, signor Burney?»

«Sì, ma possiedo una certa riserva, dunque possiamo aspettare. Vero, Bernard?»

Giovanissimo ed esile, Bernard denunciava nel colore della pelle e nei capelli scuri un'origine latina che contrastava con gli occhi di un verde sorprendente. Il signor Burney lo trattava con una gentilezza affettuosa, quasi paterna. Come risultò più tardi, il ragazzo parlava un inglese stentato e non rispose, limitandosi a sorridere e a osservare attentamente il lavoro di Nunzio.

«D'accordo, Jack, ma possiamo avere intanto una bottiglia?» chiese l'altro giovane.

«Ecco a voi Larry il beone» rise Burney, «il discepolo che superò il maestro!» E lo afferrò alla vita col braccio destro, stringendolo a sé con un gesto che sembrava consueto. «Ottima tromba. La carta dei vini, per favore, portaci la carta» disse a Nunzio.

Quando lui ritornò, erano seduti al tavolo che aveva preparato, Larry e Burney impegnati in una animata conversazione sulla serata e sulla loro esecuzione.

«Sei entrato troppo presto col sax» stava dicendo Larry

«mi hai tolto spazio. Non puoi fare sempre la primadonna, Jack».

«Lo senti?» disse Burney rivolto a Nunzio. «L'ho tolto praticamente dal sottopasso di Charring Cross dove campava di elemosine, suona con me in uno dei posti più trendy di Soho… e cosa mi dice l'ingrato? Che non gli do abbastanza spazio! Ma è vero, è una tromba eccezionale». Burney controllava la lista senza perderlo d'occhio, uno sguardo diretto che lo avviluppava in un imbarazzo fastidioso. «E tu cosa fai?» gli chiese all'improvviso.

«Io?! Il cameriere».

«Non farci caso» intervenne Larry. «Jack è speciale per mettere in imbarazzo la gente, non per niente lo chiamano Funny».

Era chiaramente irritato e forse già brillo. L'irritazione traspariva dalla contrazione del viso e dalla voce leggermente stridula, ma l'altro non diede segno di accorgersene e gli passò la lista dei vini.

«Quello che preferisci, Larry, a me va bene. Non intendevo qui, ovviamente» proseguì rivolgendosi a Nunzio. «Quando non lavori, nel tempo libero».

«Guarda che ti sta rimorchiando» disse Larry alzando gli occhi dalla carta, «fa sempre così. Lui si stanca in fretta dei partner».

Era un ragazzo di straordinaria bellezza, una specie di angelo decaduto, dagli occhi infossati e dalla magrezza impressionante che la camicia non riusciva a nascondere.

«Non dovresti fumare tanto, Larry» ribatté Burney con voce paziente, «te lo dico sempre. Finirai per bucarti il cervello. Allora, hai scelto?»

Larry indicò un vino e passò la lista a Nunzio.

«Dunque» continuò Burney «che cosa fai nel tempo libero? Suoni come Larry… o scrivi poesie come il piccolo Bernard?» Bernard arrossì. «E sai da dove viene? Se lo guardi sembra uno tzigano o uno spagnolo… Invece Bernard è figlio delle foreste e del gelo canadesi. *Oui*, dal Quebec arriva, nientemeno! Una straordinaria mescolanza di sangue indiano e russo, vero Bernard? Un'antenata in fuga dall'Ottobre rosso. E tu?»

«Se lo trattieni ancora berremo il vino a fine pasto» disse Larry.

«Già, è vero, il saggio Larry ha ragione. Come sempre». Lo congedò con un gesto e incominciò a parlare in francese con Bernard.

Quella prima volta Funny Jack non gli piacque e quando se ne andò coi due giovani alle costole, Bernard che sorreggeva Larry barcollante, respirò di sollievo. Nonostante gli avesse lasciato una mancia mai vista; anzi, forse anche per questo. Eccessivo, volgare, lo confrontava con l'eleganza naturale di Thomas e si scopriva quasi razzista nel giudizio. Di sicuro un proletario arricchito, ormai usava termini da marxisti per i giudizi taglienti, o un ex-minatore. Dalla stazza gli sembrava uno di loro.

«Peccato!» commentò il signor Leoni quando fu uscito scuotendo la testa. «Se non avesse quel vizio, sarebbe la persona migliore di questo mondo. Ma resta comunque un gran signore!» concluse studiando il ricco conto della cena. «Magari ce ne fossero tanti come lui!»

Peppino Leoni, nemico giurato di Sodoma e convintissimo monogamo, trovava il vizietto del suo cliente, grande artista e generoso, un peccatuccio da sagrestia o al più da confessionale, del tutto perdonabile. Ma solo a lui, beninteso; agli altri non sarebbe bastato l'inferno di Dante con tutti i suoi tormenti. Questo Nunzio lo sapeva da tempo.

Il signor Burney, per chiamarlo come Peppino Leoni pretendeva che venisse chiamato nel suo ristorante, non era un ex proletario affamato ma un piccolo borghese arricchito.

Veniva dal Galles, da Swansea, dove la famiglia aveva una birreria che, grazie alle gole arrochite dalla polvere di carbone, aveva reso una piccola fortuna ai birrai Burney. Lo stomaco sporgente era un'eredità degli antenati e della consuetudine precoce di Harold di accompagnare il padre nelle operazioni di assaggio. Da lui aveva preso anche il colore rossiccio dei capelli e una propensione alla tolleranza che spesso rasentava l'indifferenza: insomma, era un sano egoista. Dalla madre, una brunetta minuta e triste, con mani bellissime e pelle diafana, aveva ereditato la voglia precoce di scappare da quel posto dove l'odore di birra si mangiava anche con il pudding. Sua madre lo fece quando lui aveva tredici anni per seguire un arpista gaelico, e lui a diciassette, il giorno dopo l'annuncio della morte del suo eroe e conterraneo, il poeta Dylan Thomas.

Thomas morì a New York il 9 novembre 1953 di crisi etilica e il 10 il giovane Harold prese il treno a Cardiff per Londra. Aveva capito definitivamente in quell'anno fatale che non sarebbe mai stato un poeta come Thomas né un maschio come suo padre e i suoi amici. Ma se essere un poeta mancato non era una disgrazia per nessuno, essere un *faggot*, un frocio, a Swansea era una tragedia. Così arrivò a Londra, con le poesie di Dylan, una macchina fotografica e pochi pennelli, e quindici anni dopo era un fotografo acclamato e un discreto sassofonista. Ma soprattutto, nella *swinging London* di quegli anni, un accanito cacciatore di giovani maschi.

Tornò al Quo Vadis quindici giorni dopo, per il pranzo, ed era solo. Il ristorante era discretamente affollato, ma il signor Leoni trovò modo di accoglierlo con la consueta festa e di rimediargli un tavolo tranquillo come aveva chiesto. Questa volta sembrò a Nunzio quasi un altro uomo: indossava una giacca sportiva di taglia abbondante che metteva in risalto la sua figura e sotto un maglione grigio azzurro con il collo alto, aveva con sé una grande borsa a tracolla di cuoio scuro e odorava di colonia. Nessun fronzolo, solo un piccolo foulard che spuntava dal taschino, un tipico *english man*.

Anche l'approccio fu cortese ma sbrigativo: «Qualcosa di leggero, devo lavorare».

Nunzio fu impressionato dal cambiamento e intimorito da quella indifferenza. Aveva forse fatto qualcosa che lo aveva disturbato? Senza accorgersene accentuò la cortesia e aumentò le visite al tavolo.

«Tutto bene, signore? Le serve altro, signore?»

Quando gli portò il conto, Burney lo guardò distrattamente, si frugò in tasca, estrasse un rotolo di sterline e pagò.

«Puoi tenere il resto» gli disse. «Ma vorrei parlarti».

Nunzio sentì un leggero turbamento e senza volere si guardò intorno.

«Non preoccuparti» lo rassicurò l'altro «non sono a caccia. Per Funny Jack oggi non è giornata. Siediti».

Il ristorante ormai si era svuotato, si sedette.

«L'altra volta ti ho osservato attentamente: hai una faccia straordinaria, lo sapevi? No, mi pare di capire che non te l'ha detto mai nessuno. Un antico greco. Sembri Antinoo o il giovane Pericle. Peccato che tu sia biondo. Da dove vieni?»

«Dalla Calabria».

Harold Burney fece una smorfia, come a liberare un ricordo.

«Amantea... La conosci? Bellissimo posto, ci ho fatto un servizio fotografico tre anni fa. La Magna Grecia, vero?»

Lui non aveva idea, non sapeva niente di quella terra, quasi non ricordava più il suo paese.

«Sì, però più a sud, credo».

Lo guardava adesso con aria pensosa e un sorriso a fior di labbra, ma era chiaramente altrove.

«Ottimo vino, generoso. E i limoni, il loro profumo...»

«Chi era Antinoo?»

«*Due granelli di sabbia insieme a letto / testa accanto a testa circondante il cielo / giacciono separati con tutta l'ampia spiaggia / e il mare ricopre il loro anonimo annottare...* È Dylan Thomas... Antinoo...» Sembrò ritornare in sé e riprese a osservarlo con l'attenzione fastidiosa della volta precedente. «... Il favorito dell'imperatore Adriano, un giovane bellissimo. Morì molto presto e lui lo fece immortalare in una infinità di statue. Tu hai qualcosa di lui. Senti... mi piacerebbe che tu posassi per un servizio fotografico. Ti pagherei, ovviamente».

«Lei è fotografo, signore?»

«Smettila di chiamarmi "signore". Sì, sono fotografo e anche altro. Intendo dire che dipingo, sto preparando alcune mostre, e a tempo perso suono il sax. Come hai potuto constatare». Controllò l'orologio. «Devo andare, mi stanno aspettando. Allora, facciamo così...» Si frugò in tasca ed estrasse un biglietto da visita. «Il mio indirizzo e il mio numero di telefono. Pensaci e se decidi chiamami. Forse ti risponderà Larry o Bernard, o magari mi trovi in casa. Se è Larry, non fare caso alle risposte, in questo periodo è di pessimo umore. Gelosia» sogghignò.

E in quel momento sotto la giacca da *gentleman* rispuntò il satiro.

Nunzio ne parlò con Thomas, che scosse la testa.

«Sì, lo conosco, è un eccentrico. È un artista quotato, ma di che cosa si occupa? Di moda e di fare soldi. Un asociale, un egoista incurante della sofferenza della gente comune... A proposito, hai sentito? Callaghan scioglierà il Parlamento e andremo presto a nuove elezioni. Evidentemente è convinto di vincerle, ma noi non voteremo per chi ha voluto la politica dei redditi a spese dei lavoratori. Questo è il momento del massimo sforzo per tutti noi, l'ho detto ai compagni, dobbiamo intensificare il volantinaggio, essere dove siamo ascoltati: né con il Labour né con la Thatcher, l'affama-bambini. È il nostro slogan».

Furono anche per lui due mesi d'impegno intenso con i giovani della Lega e dimenticò in fretta la proposta di Burney, che al Quo Vadis non si fece mai vedere.

Il 10 aprile ricevette una lettera da casa, nella quale sua madre gli comunicava la morte del padre, avvenuta alcuni giorni prima. All'improvviso, e che Dio gli dia pace. L'unico sentimento che provò fu di sollievo e si decise a telefonarle: erano più di due anni che non lo faceva.

«Un colpo, povero Ninuzzo. La sera stava bene, mangiò in abbondanza e il giorno dopo stava nella bara. Ma s'arrabbiava troppo, i controlli, i Carabinieri… Ormai non si campa più. Per che cosa? Invidia, tutta invidia, figghjiu meu… La tomba l'ha voluta tuo fratello Santino, tutta di marmo nero e bellissima, la più bella del cimitero, e c'era tanta gente al funerale, mancavi solo tu. Quando torni?»

Rispose che adesso lavorava in un grande ristorante, il migliore della città, e non aveva tempo. Più avanti forse.

«Anche tuo fratello Santino sta pensando di aprire un ristorante a Milano o una pizzeria, ma qualcosa di grande. Con dei soci. A tuo fratello il cervello non gli manca, peccato il carattere che è quello di suo padre».

«Annina?»

«Cresce, cresce bene. Certi occhi ha! E il pallone? Perché smettesti? Eri così bravo, tuo padre diceva che saresti arrivato al Milan o alla Juventus… Quelli di lassù non ti hanno apprezzato? Ti stancasti, figlio mio? Capisco, correre sempre stanca. E quello che fai ti piace, si guadagna? Abbastanza? … Allora perché non torni? A Milano potresti lavorare, tuo fratello dice che è una città grande, dove girano i soldi… Vuoi che glielo dica a Santino che ti piacerebbe? No? …Vuoi stare a Londra. Capisco, figlio mio, anche se divento vecchia e vorrei vederti qualche volta… Verrai, più avanti. Allora ti aspetto. Lo sai cosa dicono alla televisione? Che in Inghilterra ci sono gli scioperi e c'è confusione. Qui invece si sta tranquilli. Non è vero? … Le BR? … Hanno ammazzato Moro? … Ma io di politica non m'intendo, figghjiu meu, a me non m'interessa. Solo che tu stia bene, per questo ascolto la televisione. Per sapere come vanno le cose lì dove tu stai. Vanno bene. Allora ti saluto».

Un mese dopo, il 4 maggio, Margaret Thatcher vinse le

elezioni in Gran Bretagna con quarantatré seggi di scarto e pronunciò alla Camera parole di miele: «Dove c'è discordia mi si lasci portare armonia, dove regna disperazione mi si lasci portare speranza».

«Fottuti, siamo completamente fottuti» commentò Thomas. E strappò la tessera della Lega dei giovani comunisti.

13.

In una giornata di fine settembre, di quelle che solo Londra sa regalare, venata dal primo oro delle foglie dei platani nei parchi e da un azzurro limpido e improvviso di cielo, andarono a visitare la tomba di Marx nel cimitero di Highgate. L'idea era stata di Thomas, che si era fatto vivo dopo due settimane.

Lui era a casa per una febbre da infreddatura, due giorni e l'indomani sarebbe tornato al lavoro. Avvolto in un plaid che fece ridere l'amico.

«Non ne ho voglia. Un cimitero? No...»

«È un cimitero diverso, romantico, pieno di grandi nomi. Ti piacerà, vedrai».

Thomas era eccitato, il vecchio fuoco negli occhi come quando l'aveva conosciuto; ed erano mesi che non lo vedeva così. La vittoria dei conservatori l'aveva prostrato: prima ancora della vittoria della Thatcher era stata per lui quella di suo padre, il cacciatore di volpi, il vecchio polveroso che apparteneva alla classe degli estinti. La sua avversione e il suo disprezzo per il genitore in quei primi giorni rasentarono la patologia, Thomas sembrava non trovare pace. L'unica sua consolazione era l'idea che a vincere e a governare non era stato un lord ma la figlia di un bottegaio, che «come tutti i bottegai vorrà mettere i conti in ordine a spese dei poveracci» gli ripeteva spesso.

Di tutte le previsioni che Thomas Morris fece in quel periodo, con un fondo di disperazione nella voce, questa si rivelò la più azzeccata e i segnali non tardarono ad arrivare.

Ma quella mattina la sua allegria inattesa lo disarmò. Anche l'idea bizzarra di visitare un cimitero e la tomba di Marx gli risultava estranea: in quei mesi di chiusura di fabbriche e di miniere la lotta di classe gli era sembrata sempre più una parola vuota, come i volantini che la Lega continuava a distribuire nei pressi dei Docks e sulla metropolitana. Ormai badava soltanto al sodo, e il sodo era il posto di cameriere al Quo Vadis, dove ogni giorno Peppino Leoni recitava il suo rosario: la crisi, la crisi, la crisi… E dove i clienti d'oro come Harold Burney non si facevano più vedere.

Gli disse di sì, anche se di malavoglia e con un brivido di febbre lungo la schiena.

Gli capitò poi tante volte di ripensare a quella giornata e su ogni altra cosa il ricordo che per primo affiorava era quello della loro conversazione sul prato degli Highgate Ponds, il sentimento di tranquilla confidenza che li aveva uniti anche nel silenzio; e quel verde di alberi, il luccicare dell'acqua, i loro corpi nudi sull'erba e Thomas che gli raccontava di lei, Leonidas. E poi quel suo gesto inaspettato, quando gli aveva afferrato la mano e lo aveva sollevato dalla panchina a Parliament Hill, e la domanda: «*Shall we go, my friend?*»

My friend, gli aveva detto sorridendo col suo sguardo infantile, per la seconda volta.

Inesorabilmente il ricordo lo riportava alla mattina, alle parole dell'amico davanti alla tomba di Marx, e si sentiva invadere da un senso di colpa e da un bisogno di riparazione che non riuscì mai a soddisfare. Nei loro cinque anni di amicizia, quella giornata rappresentò l'acme della vicinanza e della conoscenza, quasi in preparazione del distacco vicino.

La tomba di Marx si trovava nella parte est del cimitero dopo una curva, l'enorme testa del filosofo appoggiata su un piedistallo massiccio di granito scuro, un monumento da realismo sovietico più che da cimitero vittoriano, che la separava dalle altre tombe come un corpo spurio.

«Orribile, non trovi?» disse Thomas con una smorfia. «Non credo che gli sarebbe piaciuto».

«*Workers of all lands, unite*» lesse Nunzio. Sotto i grandi caratteri scuri dello slogan, una targa di metallo dorato ricordava gli ospiti della tomba: il filosofo, la moglie ed Eleanor Marx.

«Dei sei figli è l'unica a essere sepolta qui» gli spiegò Thomas. «Le sue ceneri furono custodite in un'urna dai compagni del sindacato e trasferite quando fu costruita questa tomba. Era la figlia più piccola, la sua prediletta. Lui la chiamava Tussy. Un'attivista in gamba, tra i fondatori della Lega Socialista, che ebbe la sfortuna d'innamorarsi dell'uomo sbagliato. Si avvelenò quando seppe che lui si era sposato di nascosto con una giovane attrice: capita di prendere simili abbagli» concluse bruscamente.

A terra, davanti al monumento, alcuni mazzi di garofani rossi, un biglietto e i resti appassiti di una corona di alloro.

«Nel cimitero del mio paese ci sono le foto sulle tombe e i morti si ricordano meglio».

«Davvero? Forse l'usanza deriva dagli etruschi, che rappresentavano i defunti come vivi. Ma noi preferiamo non farci illusioni: polvere eri e polvere ritornerai. Il ricordo è dentro di te, non servono fotografie nè monumenti».

«A Marx l'hanno fatto, però...»

«E credi che lui abbia bisogno di questo? È quello che lasci che conta. È la quinta volta che vengo qui e la prima in compagnia di qualcuno. Ci venivo perché mi sembrava di prendere forza, ma non credo che ci ritornerò più. La forza è nelle cose che fai, nei cambiamenti che riesci a produrre. Però mi piacerebbe ritornarci da morto e che le mie ceneri fossero nascoste da qualche parte qui vicino. Mi accontenterei di questo».

Thomas lo fissò come aspettando una risposta, ma lui non trovò niente da dire, alzò le spalle e Thomas scoppiò in una risata.

«Ecco affidate a te le mie ultime volontà, amico mio» gli disse appoggiandogli un braccio sulla spalla.

My friend.

Si chiese poi come avesse potuto essere così sordo il suo cuore, da non tremare un poco, in quel momento. Invece si irritò, con se stesso e con lui. Perché lo aveva seguito in quel posto se di Marx non gl'importava niente? Per sapere che sua figlia si era suicidata a quarant'anni per amore? A ogni età si può morire, perfino a venti.

Fu quel guizzo maligno dell'umore a rievocare Antonio, dopo mesi che si credeva ormai guarito. E gli bastò il nome per sentirsi afferrare dall'angoscia.

«Fottiti!» gli rispose.

Si scostò da lui bruscamente e s'incamminò. Doveva uscire da quel posto, gli mancava il fiato. Ne aveva abbastanza di morti, cimiteri e incubi notturni. Di quel sudario che s'era portato cucito per anni sulla pelle: voleva cancellare tutto. Anche la sua carne affamata, che lo rimandava sempre là, sotto i quercioli di quella notte di luna, come una condanna eterna. Basta.

Non si trovò all'uscita ma nella parte più antica e abbandonata del cimitero, dove la natura aveva costruito un suo giardino: alberi che abbracciavano croci del colore dei tronchi, urne rivestite di muschi come funghi dopo la pioggia, angeli oranti su tappeti di edera. Il cimitero era sparito ingoiato dal bosco e restituito come creatura vegetale. Non più sentieri, steli e pietre che recavano le stesse ferite degli alberi e della terra. La morte era presente e nascosta come la linfa che nutriva quel verde.

Si fermò, colpito dal silenzio del luogo, e si sedette su una pietra. Era una vecchia lapide: SERGEANT ROBERT GRANT, 1837-1867. Trent'anni, come lui. Forse morto in battaglia o chissà dove. Erano ormai passati centodieci anni, dieci per Antonio.

Ecco che ritornava.

«Antonio Cifoti».

Pronunciò il suo nome, a voce bassa prima e poi sempre più alta, l'unica voce umana in quel silenzio.

Quattro, cinque, sei volte; e mentre lo ripeteva, l'orrore colava via dal suo corpo e si dissolveva nella terra tra le radici e le foglie. Lo seppellì lì, Antonio, fra quegli alberi, forse più pietosi o altrettanto immemori di quelli che avevano assistito alla sua morte. Ma alberi di un'altra terra e di un tempo diverso.

Un breve pianto di sollievo e andò alla ricerca di Thomas.

14.

Lo trovò seduto su una panchina del sentiero principale.

«Tutto bene?» gli chiese.

«Sì».

Fu grato all'amico per quella sua accoglienza.

«Scusami...»

«Oh, anch'io ho detto una sciocchezza! Ti prego di considerarla un cedimento momentaneo all'emozione» gli disse quando si fu seduto accanto a lui. «Ho quasi quarantatré anni, ogni tanto m'interrogo sul senso della mia vita e questo è un luogo che ti induce a farlo, non trovi? In ogni caso ho deciso che il mio impegno politico non sarà più teorico, ma pratico. Niente più volantini e discussioni, tornerò a fare quello che facevo quando ci siamo conosciuti».

«I corsi alla Library?»

«No, l'insegnante in una Secondary School a Whitechapel, mi hanno accettato. Insegnerò storia e letteratura inglese a dei ragazzi ignoranti del loro passato e del nostro, perché prendano coscienza di sé. Mi sono convinto che è l'unica cosa sensata che posso fare. Coi tagli che "la figlia del droghiere" sta mettendo in atto, i primi a pagare sono giamaicani, indiani, africani, figli del nostro glorioso impero andato in pezzi. Noi li trattiamo come trattiamo le volpi: perfino il peggiore dei Cockney si sente un lord davanti a loro! Così ho deciso che è arrivato il momento di mettere la testa a posto, chiuderò la casa di Cavendish Square e mi trasferirò in un appartamento da quelle parti».

«Perché?»

«Te lo immagini uno che insegna nell'Est e viene da Marylebone? Come un pinguino alle Bahamas! Volevo dirti innanzitutto questo, e anche che non ci saranno molte occasioni di vederci d'ora in avanti; ma oggi abbiamo la giornata tutta per noi. Pensavo di andare a mangiare agli Highgate Ponds, c'è una buona caffetteria. Cosa ne dici?»

Presero un paio di sandwich e s'incamminarono lungo la sponda del lago riservato ai bagni maschili.

Sulle rive uomini di ogni età raccoglievano il sole di quella giornata quasi estiva e molti nuotavano o si tuffavano dai trampolini.

«Se avessi il costume mi piacerebbe fare un bagno» disse Nunzio. «Sono dieci anni che non nuoto».

«Il costume non è obbligatorio, basta mettersi un po' al riparo. Ci sono aree apposta per i nudisti».

Più avanti infatti, oltre una zona di verde, c'era una spiaggia di sabbia grossa e pulita affollata di uomini.

«Di solito questa è la spiaggia dei gay, ma non solo. Quando abitavo a Hampstead venivo spesso ai Ponds a nuotare, anche d'inverno nelle giornate di sole. Venivo perché mi piaceva questa nudità maschile, mi ricordava i Greci antichi, il loro culto del bello. Poi è arrivata Leonidas… Le donne qui non sono ammesse, c'è un'altra zona per le coppie».

«Leonidas…?»

Thomas non rispose, finì di spogliarsi e si avviò verso l'acqua. Si fermò per un attimo a riva e lui osservò con ammirazione il suo corpo gigantesco e liscio dal biancore quasi innaturale, domandandosi perché lo lasciasse così indifferente. Forse perché non sembrava fatto di carne: non aveva fremiti né imperfezioni, nemmeno odori. Aveva detto bene, una statua greca, di quelle che stavano al British Museum.

Thomas era solo testa, e la testa è fatta di pensieri: ecco perché quella di Marx era così mostruosamente grande. Ma è il corpo che sente l'aria solleticarti i peli tra le gambe, è il corpo a chiedere che una mano s'infili lì in mezzo e incominci ad accarezzarlo. Non importa di chi sia, purché sia una mano, un corpo dopo tanto tempo: in quel momento decise che avrebbe cercato Funny Jack.

116

Arrivato al centro del lago, Thomas si girò e lo chiamò: «Vieni, è il paradiso, non perdere l'occasione!»

Si alzò d'istinto, il membro puntato gloriosamente avanti.

Qualcuno lo guardò, qualcuno rise, uno gli disse: «Ehi fratello, perché non m'inviti?»

Si tuffò, nuotando sott'acqua per l'imbarazzo. Emerse vicino a Thomas.

«Incominciavo a pensare che le carpe avessero organizzato un banchetto! Sei in gamba, vogliamo arrivare all'altra sponda?»

L'acqua era fresca, lievemente increspata e lui non nuotava dalla volta in cui era andato con Antonio a Capo Spartivento; ma il suo corpo vibrava di energia. Nessun ricordo, quella era un'acqua nuova e lui si sentiva rinato. Non rispose all'amico ma si allungò in avanti e incominciò a battere il *crawl*. Una volta era il più forte del suo gruppo, ma adesso Thomas lo incalzava con la sua grande massa e finì per raggiungerlo.

«Un po' di allenamento e mi distruggerai» gli disse ansando e buttandosi sulla riva accanto a lui.

Rimasero a lungo in silenzio a braccia aperte, crocefissi nell'erba. La sponda era deserta, solo una coppia di cigni bordeggiava piano in lontananza. Nunzio guardava nel vuoto del cielo senza pensieri, anche il desiderio era passato, solo uno sfinimento benefico, come dopo il coito.

«Ci voleva una nuotata così» disse Thomas all'improvviso.

«E Leonidas?» si sollevò sul gomito e lo guardò.

«È stata la mia donna per tre anni. C'era anche lei sul prato a fumare cannabis quella volta, anzi era sua».

«Non ne hai mai parlato».

«Vero. Ho impiegato quasi otto anni per togliermela dalla testa e per fortuna c'è stato l'impegno politico. Era una creatura…» si fermò fissando uno scarabeo che arrancava tra l'erba. Lo raccolse sull'indice e si mise a studiarlo rigirando il dito da ogni lato «… insolita. Come il suo nome. Era figlia di un archeologo ebreo che aveva lavorato agli scavi di Sparta e l'aveva chiamata come l'eroe delle Termopili. Lei ne era fierissima. Quella volta della cannabis, quando i due *bobby* si avvicinarono, lei alzò la canna verso di loro, fece una tirata e gridò: "*Molòn lafè!*" Una pazza! Quelli non capirono ma pensarono che li avesse insultati e fu un casino».

«Che cosa aveva detto?»

«"Venite a prenderle!" Secondo la tradizione, questa fu la risposta di Leonida a Serse, che lo aveva invitato a consegnargli le armi. Lei si sentiva così, indomita, e un po' si atteggiava».

Lo scarabeo era caduto a terra e Thomas si sdraiò sul dorso.

«Dovevi essere molto innamorato».

«Stregato, forse, irretito. Molti dei compagni non la sopportavano per il potere che aveva su di me e anche perché talvolta era francamente odiosa. Incostante nell'umore, contraddittoria e abituata a essere al centro dell'attenzione. Ma a suo modo generosa. E una comunista convinta, almeno fino a quando è rimasta con me. L'ho incontrata qui la prima volta: sull'altra riva, dove stanno i nudisti». Sorrise e scosse la testa. «Se ripenso alla faccia dei compagni… Eravamo ospiti di un amico che ci aveva sistemati nell'autorimessa dei genitori a Hampstead. Conteneva tre macchine, ma c'era il posto anche per noi che eravamo in cinque. Era un'autorimessa bene attrezzata, col bagno, e noi dormivamo nei sacchi a pelo e mangiavamo su in cucina. Tutto molto proletario».

«E Leonidas?»

«Leonidas… fu a fine novembre. Era una giornata di sole, ma con un vento che veniva a raffiche dal nord, gelido. Avevamo lavorato tutta la mattina e decidemmo di fare una passeggiata, facemmo il giro del primo *pond* e ci sedemmo a mangiare un sandwich proprio là da dove siamo partiti. Eravamo coperti con i maglioni e gli eskimo ma ci mettemmo ugualmente al riparo dei cespugli. Stavamo conversando, quando vediamo arrivare lungo il lago un giovane alto e smilzo in jeans e maglietta. "Guarda quello!" esclama John, un compagno di Liverpool che aveva il raffreddore tutto l'anno. "Quello" arriva a venti metri da noi, ci guarda e ci saluta con la mano. "Lo conosciamo?" chiede qualcuno, e intanto "quello" si spoglia. I pantaloni, la maglietta, le mutande...» Thomas fece una pausa, ma non poté trattenere la risata. «"Cristo... ma è una donna!"

«Rimanemmo tutti a bocca aperta. Ma non basta. Lei ci dà un'occhiata e poi, nuda e tranquilla, si butta in acqua e arriva a metà del lago. Poi torna indietro, esce, si riveste e si avvicina a noi. "Avete una sigaretta?" Ecco Leonidas».

«Io sarei morto assiderato».

«Anche noi, ma lei veniva dal Minnesota, al confine col Canada, ed era abituata ai laghi e al gelo. Insomma, ci mettemmo insieme due mesi dopo e andammo ad abitare in un appartamento non lontano. Lei faceva la modella per un'agenzia fotografica e posava anche per degli "artisti". Non aveva inibizioni e mi tradiva spesso, ma veniva alle riunioni e partecipava alle dimostrazioni. Credeva molto nella parità dei sessi, anzi andava oltre».

«Al mio paese una donna così non potrebbe esistere, ma nemmeno un uomo come te. 'U cornutu, ti chiamerebbero».

«Come hai detto?»

«Cornutu, è l'offesa peggiore per un marito. Ma ricchjuni è peggio. Se sei ricchjuni non sei un uomo, non sei più niente».

«Che lavoro fanno i tuoi?»

«Hanno una pescheria al paese e delle terre. Mio fratello vende il pesce in Aspromonte».

«È pericoloso viaggiare in quelle zone. Tuo fratello non ha mai avuto problemi?»

«Sono dieci anni che manco da casa, non so molto di quello che succede».

«Capisco. Anch'io non so molto di mio padre, quasi niente. Lord Spencer è un illustre sconosciuto per me, come lo è Thomas Morris per lui. Considerarsi reciprocamente defunti in certi casi è l'unico modo per vivere, mio caro!»

Risero insieme.

«Vogliamo andare?» disse Thomas all'improvviso. «Tra poco il sole scenderà dietro Parliament Hill e incomincerà a fare freddo».

Attraversarono il lago e approdarono sulla riva opposta già in ombra. Tirava una brezza leggera che li fece rabbrividire. Nunzio starnutì più volte e Thomas gli allungò la sua camicia.

«Asciugati, o domani dovrai prendere un altro permesso».

«E tu?»

«Non dimenticare che ho vissuto per tre anni con una del Minnesota e che venivamo qui a fare il bagno anche d'inverno!» Indossò la camicia umida e la infilò nei pantaloni. «A proposito, vorrai sapere com'è finita. Una mattina mi sono svegliato che Leonidas non era nel letto accanto a me e nemmeno in casa, e le sue cose non c'erano più. Solo un biglietto in cucina: *Buona fortuna, oplita*. Mi chiamava così per la sua fissazione con la storia greca: secondo lei ero un soldato ateniese, non all'altezza di un soldato spartano. E forse non aveva torto».

«Non l'hai più rivista?»

«Sui giornali. Credo abbia avuto un buon successo. Ma non l'ho mai cercata. Uno Spencer non fa queste cose, anche se ha deciso di chiamarsi Morris». Tirò un profondo respiro, poi estrasse un fazzoletto dalla tasca e si asciugò la testa. «Basta coi ricordi, dobbiamo pensare al futuro e a concludere bene la giornata. Sei mai stato su Parliament Hill?»

«Non sono mai venuto da queste parti».

«Allora ti stupirai».

Incominciarono a salire la breve collina, infuocata sulla sommità dal sole del tramonto.

«L'hanno chiamata così perché durante la guerra civile fu occupata dalle truppe fedeli al Parlamento, ma prima era nota come The Traitors' Hill, la collina del traditore. La storia cambia le prospettive, succede anche a noi».

Ansimava leggermente, quantunque la salita fosse agevole, e quando arrivarono in cima respirò a fondo un paio di volte, prima di fare un ampio gesto con le braccia.

«Ed ecco il più famoso skyline di Londra! Qui hai davanti a te tutto quello che conta in questa città: la City in quella direzione e la Cattedrale di St. Paul, il Tamigi, il Parlamento, Westminster, là Buckingham Palace e i parchi reali...Quella è la torre della BBC... Là Kensington e Chelsea... C'è anche la Londra dei poveri, ma quella non si coglie dall'alto, bisogna camminare là sotto per vederla. I poveri non hanno skyline, stanno a terra, loro» concluse ridacchiando.

Si sedettero su una panchina libera. Il panorama era vastissimo e spettacolare: il sole che scendeva sulla destra illuminava i vetri dei grattacieli della City, che mandavano bagliori, mentre i laghi in basso avevano già il colore della notte. In breve il sole calò sotto l'orizzonte e le ombre autunnali incominciarono ad allungarsi, l'aria si fece fresca e la collina si svuotò dei visitatori.

«Hai freddo?»

Lui scosse la testa.

Thomas estrasse dalla tasca dei jeans un pacchetto e delle cartine e confezionò qualcosa.

«Una canna. Non fumo da tanto tempo, è per festeggiare. Vuoi?»

Nunzio tirò un paio di volte e incominciò a tossire.

«Succede all'inizio». Thomas riprese la canna e aspirò il fumo lentamente, poi la schiacciò. «Non è più tempo. Non è vero che non l'ho più rivista, l'ho incontrata un paio di anni fa a una mostra. Sul momento non l'ho riconosciuta, era una punk, rossa e verde in testa e piena di ferraglia. Si faceva chiamare Leo, non Leonidas, il nome d'arte, mi spiegò. Aveva perso tutta la sua bella fierezza. Era un'altra, forse più affascinante, ma un'altra. Una diversa prospettiva. Quell'incontro mi ha aiutato molto».

Nunzio pensò alla sua esperienza nel cimitero di Highgate e annuì.

«E tu?»

«Si chiamava Antonio, ma lo chiamavo Nuccio. Io solo».

Thomas non chiese altro, si stirò la camicia stropicciata e si alzò.

«Vogliamo andare, amico mio?» Gli tese la mano sorridendo e lo tirò su senza sforzo.

«*Shall we go, my friend?*»

15.

Telefonò a Funny Jack qualche giorno dopo, ma gli rispose una voce di donna.

«Il signore non c'è, è fuori Londra. Vuole parlare con Larry?» Nunzio non aveva ancora imbastito un rifiuto ragionevole che la stessa voce, roca e piuttosto volgare, gridò: «Larry, c'è qualcuno che ti cerca!»

Dopo un'attesa di minuti l'angelo decaduto si avvicinò al telefono imprecando: «Maledizione, nemmeno al cesso si sta tranquilli! Chi è?»

«Sono Nunzio, il cameriere del Quo Vadis. Cercavo il signor Burney».

«Chi? ... Ah, sì, il dio greco, come ti chiama lui. Non c'è, è in viaggio di piacevole lavoro con Bernard. Ufficialmente per un servizio fotografico a Reims, e siccome il suo pupillo parla francese e io un accidente... Ma tu chi sei?»

La voce di Larry sapeva di sbronza e altro ancora e Nunzio non rispose.

«Quando posso trovarlo?»

«La settimana prossima... La settimana prossima lo trovi di sicuro. Che giorno è oggi? Alison, Cristo, che giorno è oggi?» incominciò a urlare. Da qualche parte arrivò la risposta e Larry si quietò.

«Bene, allora chiamerò la settimana prossima» e fece per riattaccare.

«Aspetta! Oggi è... mercoledì. Vieni il prossimo giovedì e lo trovi».

«Io sono libero solo il martedì».

«Martedì? ... Sì, va bene anche martedì. Vieni martedì» concluse.

Riattaccò e lui rimase con la cornetta in mano e il cuore palpitante. Non aveva telefonato per Burney, adesso lo sapeva. Forse per Bernard, all'inizio, e i suoi capelli neri; ma in questo momento aveva davanti l'immagine di Larry. Quel torace curvato dalla magrezza, le spalle larghe che la camicia esaltava, i fianchi che sembravano non reggere i jeans strettissimi e invitavano lo sguardo a frugare, i capelli biondi sulle spalle, fini e sfibrati: era per Larry la sua telefonata, quella Alison l'aveva capito prima di lui.

E così richiamò la domenica, sperando di parlargli, e ancora il lunedì. Trovò la donna.

«Non c'è nessuno, il signor Burney non è tornato. Larry? Forse sta dormendo o è fuori, qui non si capisce mai niente. Provi domani».

L'indomani era martedì, il ristorante era chiuso e decise di andare a casa di Burney, 5 Ladbroke Grove. Vicino a Holland Park, gli aveva spiegato il signor Leoni. Scese a Notting Hill Gate e s'incamminò a piedi.

La zona era signorile. Al 5 di Ladbroke c'era una grande casa dalla facciata bianca coronata da una torre di mattoni scuri; un prato ben curato, due betulle e una recinzione in ferro battuto ne completavano la sobria eleganza. Il piano terra era attraversato da una grande vetrata e il secondo da una serie di finestre incorniciate di bianco. Al centro sporgeva un balcone sul quale erano collocate le sagome di due lottatori e sotto c'era la porta di un rosso cupo.

Premette il pulsante sul pilastro del cancello accanto alle iniziali dorate H.B. e udì uno scatto. Entrò, sostò un momento in attesa di un qualche segno di vita poi si diresse alla porta, accanto alla quale una grande maschera africana accoglieva i visitatori con un ghigno ambiguo. Nessun campanello in vista. Sconcertato Nunzio esplorò la porta e il muro laterale, poi si rassegnò a colpire i battenti con i pugni. Harold Burney era davvero strano.

Dall'interno sembrò rispondergli un lungo lamento di tromba, che cessò all'improvviso. Riprese a battere e di colpo la porta si aprì.

«Potevi suonare» gli disse Larry sogghignando e indicando l'occhio bianco della maschera. «È il campanello, Funny lo trova divertente. Studiato per tenere lontano i rompipalle. Entra».

Larry occupava interamente lo spazio dell'apertura, una spalla appoggiata al battente e l'altra mano sullo stipite. Malgrado la giornata autunnale era a torso nudo, solo un paio di pantaloni di tela chiari annodati bassi, che mostravano il ventre piatto e un curioso ombelico ritorto, e sandali infradito. Lo guardava immobile con aria ironica, contento del suo imbarazzo.

«È tornato il signor Burney?»

«E piantala di chiamarlo così, sembri proprio un cameriere! Chiamalo Funny, o Jack, come fanno tutti. No, il signore non è tornato, ancora in viaggio di nozze, e non c'è nemmeno Alison, giornata libera. Siamo soli, mio caro!»

Si allontanò dal battente per farlo entrare, mostrando l'interno: «Benvenuto nella casa-museo di un genio della fotografia, carino! E qui puoi vedere anche esposte le ossessioni di un vecchio culattone».

Larry si staccò dalla porta, avanzando con un movimento ondeggiante e muovendo nel vuoto il braccio che reggeva la tromba: doveva essere già ubriaco.

L'ingresso era grande e luminoso, chiuso a destra da una porta vetrata dalla quale entravano fiotti di luce. Alle pareti una serie di foto incorniciate, tutte rigorosamente in bianco e nero a eccezione della gigantografia collocata di fronte all'ingresso.

«Torno un'altra volta» disse, sentendo crescere la delusione e l'imbarazzo per quell'accoglienza. «Magari quando c'è Funny…»

«Perché, non ti piaccio? Sono io quello, guarda!» Si girò bruscamente e barcollando si avvicinò alla grande foto colorata. «*Orchidee*» sillabò. «E questa? Guarda questa: *Fontana*! Non mi riconosci, eh? Di', non ti piaccio?»

La prima ritraeva un fallo turgido e rosso che sbucava

da un tappeto di orchidee. La seconda l'asta di una vecchia fontana in ghisa gocciolante, dietro la quale spuntava quella rigida di un membro in erezione. Le foto erano di una bellezza quasi crudele.

«Geniale, vero? Quattro ore di posa e non so quante seghe. E guarda questa! Questa è la mia bocca. E questo è un occhio. Cosa ti sembra, un uovo al tegamino? Una mattina di lavoro. Mi ha fatto a pezzi, da nessuna parte sono intero. È un genio, lo so... E adesso vede solo Bernard».

Aveva perduto l'aggressività iniziale e lo guardava con una sorta di disperazione. Il bel viso scavato aveva un colore giallastro e gli occhi erano lucidi di lacrime. Un cocktail di gelosia e alcool. Gli venne in mente un cucciolo abbandonato ma invece che pietà provò fastidio.

All'improvviso si ricordò di avere dato appuntamento a Thomas alle undici, a Piccadilly. Tre settimane che non si vedevano e mancava solo un quarto d'ora, non ce l'avrebbe fatta mai.

«Devo andare, torno un'altra volta» ripeté, e cercò di liberarsi della mano di Larry che gli ghermiva il braccio. «No, adesso ci beviamo qualcosa e poi suonerò per te. Devi ascoltare. Non puoi fare solo il cameriere, tu devi ascoltare. sono una tromba solista e tu devi ascoltare...» insisteva l'altro, cercando di portare la tromba alla bocca.

Davanti a quella ebete ostinazione, il fastidio si mutò in uno scatto d'ira: «Non mi rruppiri i cugghjuni!» urlò, dando uno strattone.

Il fracasso fu della tromba, Larry invece cadde all'indietro con la leggerezza di un funambolo e lì rimase, immobile.

La loro storia d'amore... La loro storia tormentata e nascosta, che gli fece dimenticare l'esistenza del mondo fino a febbraio, incominciò con quello svenimento, dovuto forse più all'ubriachezza che alla caduta. Ma il cuore in quel momento gli si fermò per la paura, più morto lui di quel corpo riverso.

Gli sollevò la testa, aspettando di trovarsi le mani imbrattate di sangue, e intanto lottava col ricordo lontano della mattanza e lo palpava, magro che le costole si sollevavano nel respiro a una a una, ma forti i muscoli lunghi e scattanti. No, non c'erano ferite. Forse bastava un po' di ghiaccio o una pezza umida sulla fronte. Andò alla porta scorrevole, la aprì e si trovò davanti una grande sala che sembrava uno studio di posa. Divani e tavoli bianchi pieni di riviste, macchine fotografiche montate su treppiedi, gigantografie alle pareti e un frigorifero. Lo aprì, prese una bottiglia di acqua ghiacciata e ritornò nell'ingresso dove Larry si lamentava piano. S'inginocchiò accanto a lui e gli inumidì le tempie e la fronte.

Rinvenne quasi subito e la prima cosa che disse fu: «Dammi uno scotch».

Gli diede invece un bicchiere d'acqua, lo aiutò a rialzarsi e lo condusse sul divano. Dove dimenticò di nuovo Piccadilly e l'appuntamento con Thomas.

Se ne ricordò solo al mattino, poco dopo l'alba, quando lasciò il 5 di Ladbroke e Larry addormentato nudo nel letto con la tromba accanto. Aveva ancora i capelli bagnati e la pelle umida dopo il lungo bagno nella vasca rotonda, quasi una piscina, sontuosa, imperiale, così diversa dalla sobrietà generale della casa.

La città si stava risvegliando, sfrecciavano le prime macchine coi fari accesi ed era quel momento particolare, tra la notte appena finita e il giorno nascente, in cui tutto sembra sospeso. E anche lui si sentiva appeso a un filo.

Stentava a credere a quello che era successo: venti ore d'amore, ma si poteva chiamare così? Fra tappeti, lenzuola, vasche, anche l'immenso guardaroba di Funny, sì, anche quello, e il lungo tavolo della cucina; ogni angolo della casa era stato esplorato. E violato. Pareva che Larry volesse proprio quello. E i bicchieri sempre pieni. Mai bevuto tanto. E poi docce fredde per riprendersi, e di nuovo nella grande vasca calda, l'uno sull'altro, a succhiarsi l'anima.

Alle dieci avevano mangiato qualcosa e poi ancora fino alle quattro del mattino, quando era crollato sul letto quasi in deliquio.

Alle sei si era svegliato all'improvviso tremando per il freddo, aveva coperto Larry e si era rivestito. Inutilmente aveva cercato di svegliarlo, allora gli aveva lasciato un biglietto sul cuscino e se n'era andato. Temeva l'arrivo di Alison, l'ancella della casa, i suoi commenti sulla devastazione che avevano seminato, ma soprattutto temeva l'arrivo del signor Burney, lui non riusciva a chiamarlo in altro modo, anche se lo sapeva impossibile.

La sua era stata la violazione di una intimità, lo sentiva, voluta da Larry per oscure ragioni. Dunque, che cosa avrebbe detto Burney, se l'avesse trovato lì a quell'ora? E che cosa avrebbe potuto rispondergli?

S'incamminò a piedi fino a Nottingh Hill Road senza smettere di interrogarsi: e per lui, Nunzio Lo Cascio, che cosa era stato? Amore, come quello che aveva conosciuto con Antonio, o solo una notte di follia?

Oscillava, in quella mattina di fine ottobre dalla luce lattiginosa, appeso al suo filo di indeterminatezza; eppure si sentiva bene. Nemmeno stanco, sazio.

Respirò profondamente l'aria umida e, arrivato sulla Road, s'infilò nel primo caffè aperto. Fu allora che si ricordò di Thomas e del loro appuntamento, e fu un brusco ritorno alla realtà. Dovevano mangiare insieme e Thomas doveva raccontargli di un nuovo progetto che sarebbe partito a novembre.

«Sento che sono sulla strada giusta, Nunzio. E tu?»

Solo due giorni prima non avrebbe avuto niente da dirgli, se non che il signor Leoni parlava di vendere il ristorante: quella era la sua vita.

E adesso...

Andò alla prima cabina telefonica e chiamò l'amico, ma il telefono squillò a vuoto.

«Sono Nunzio, scusami. Ieri ho avuto un impegno

imprevisto, poi ti spiegherò. Ti richiamo io la settimana prossima, d'accordo?» Quello fu il messaggio lasciato sulla segreteria.

Il sabato sera, all'ora di chiusura, si presentò al ristorante Funny Jack con la sua corte.

«Signor Burney, che piacere rivederla! Proprio ieri parlavo di lei con mia moglie…»

Peppino Leoni sembrava trasfigurato, come davanti a un'apparizione.

«Fuori… all'estero… impegni di lavoro… E tu, ragazzo, perché non ti sei fatto vedere?»

Davanti a quella domanda inattesa Nunzio si sentì gelare.

«Vedersi dove, Funny?» intervenne Larry con perfida aria innocente.

Li interruppe Peppino Leoni che incominciò a declamare il menu.

Funny Jack appariva di ottimo umore e quasi ringiovanito. Leggermente abbronzato, aveva i capelli raccolti in un codino e indossava un'ampia camicia bianca, che nascondeva lo stomaco sporgente e gli copriva le braccia tatuate. Sorrideva benevolo all'entusiasmo del ristoratore e abbracciava i due ragazzi senza ostentazione, con un'attitudine quasi paterna. Approvò le proposte di Peppino con un cenno della testa e si sedette al tavolo, osservando Nunzio che lo allestiva.

«Questa sera abbiamo fatto una *jam session* da brivido, vero Bernard?» disse rivolto al ragazzo bruno. «E Larry ha superato se stesso. Non trovi?»

In un inglese approssimativo l'interpellato si disse d'accordo.

Larry ridacchiò. «Non esagerare, Bernard, tu di musica non capisci niente. Forse il cameriere ne sa più di te» concluse guardandolo per la prima volta. «Scusa, come ti chiami?»

«Si chiama Nunzio» intervenne Funny «e smettila di provocare».

«Ma non intendevo essere scortese. Volevo dire semplicemente... Ti piace il jazz?»

Aveva venticinque anni, cinque meno di lui, e solo quattro giorni prima si rotolavano insieme sul tappeto... Stronzo fottuto! Non gli rispose.

«Perché se ti piace e ne capisci qualcosa più di Bernard, potrei invitarti alle prove. Da solo tendo ad annoiarmi, e visto che Funny non è disponibile... Martedì, per esempio, io provo alle tre. Tu lavori?» Solo un angelo decaduto poteva esibire tanta perfetta malizia. Lo sguardo di Larry era più limpido di un'acqua sorgiva, ma in lui non c'era un grammo d'innocenza. Lui viveva d'inganni e trasgressioni, erano il suo bisogno e la sua abitudine, e anche il suo modo d'amare. Funny lo sapeva.

«Certo, ascoltare la tromba di Larry è un'esperienza» disse sorridendo a fior di labbra. «In ogni senso».

Nunzio non capì l'avvertimento, ma sentì una leggera vertigine. Disse di sì.

Il Winny's club era una specie di bunker sotterraneo al quale si accedeva per una scaletta stretta e avvitata. Pochi tavolini capovolti, un bar ripieno di bottiglie, una pedana rivestita di moquette scura e dietro una grande foto a tutta parete di un torso maschile, nero e lucido di sudore, che usciva da una duna di sabbia come da una vasca.

«È di Funny» disse Larry. «Anche questo club è suo, un suo giocattolo. Lui si crede un dio, in tutto, anche nel sax. Ma è il quinto della fila, uno qualsiasi. Ci vuole altro per suonare, ci vuole l'anima».

Si spogliò completamente nudo e attaccò con la tromba. Ogni tanto aveva un'erezione e si masturbava, poi ingoiava un sorso di alcool e riprendeva. Non voleva essere toccato, voleva solo che lui ascoltasse. La tromba andava su e giù e il suo corpo guizzava con la tromba. Alle volte urlava e piangeva, alle volte sghignazzava oscenamente, alle volte sembrava elevarsi dal suolo.

Dopo due ore si lasciò cadere a terra e si scolò la bottiglia: era ricoperto di sudore.

Lui si tolse la camicia e lo asciugò.

«Cosa ti sembra?»

Gli disse che di jazz non capiva niente, ma che gli era
parso di sentire la tromba del giorno del Giudizio.

Larry rise, aprì le gambe e si lasciò prendere.

Quella sera telefonò a Thomas da una cabina per dirgli
che si era innamorato.

«Non direi amore» sentenziò lui quando si incontrarono.
«La tua mi sembra piuttosto una forte infatuazione. Stai
attento».

«Che cosa intendi? Mi ha fatto perdere la testa, è vero,
ma forse la perderesti anche tu con uno come Larry. Lui è
così... diverso, imprevedibile. È vero, gli piace la trasgres-
sione, ma ti fa sentire vivo. Pensa che abbiamo fatto l'amore anche nel bagno del ristorante, sotto il naso di Funny
Jack e del signor Leoni».

«Finirai per perdere il lavoro. In ogni caso non è questo
il problema... È che Larry ha un atteggiamento che mi
ricorda molti ragazzi della mia scuola. In particolare uno,
James Boswell. James non ha il padre e odia il mondo. Soprattutto odia i padri, cioè gli adulti che hanno appena
qualche anno più di lui. E cosa fa James? Li sfida, continuamente. Quel ragazzo suonerà pure la tromba come un dio,
ma ti usa. Stai attento».

Nunzio s'irritò. Non si vedevano da due mesi e Thomas
gli sembrò più che mai perso nel suo idealismo astratto.
Per un'ora gli aveva raccontato di questa scuola che teneva
il pomeriggio in una stanza vicina alla moschea di Whitechapel, contro il parere dell'*imam*. Otto ragazzi tra i peggiori del quartiere e due ragazze. Una follia, dicevano in
tanti. Fuori della realtà, tutto proiettato nel suo ruolo d'insegnante, dimagrito e un po' allucinato. Non ci dormiva la
notte, aveva detto. E adesso gli voleva fare da maestro.

«Non credi che io sia abbastanza grande?»

Thomas arrossì e improvvisamente l'etoniano in lui si risvegliò. «Scusami, sono stato imperdonabile. Ma io... ti voglio bene».

Non disse altro e la cena finì nella difficoltà di un terreno minato sul quale erano avanzati troppo. Poche le parole e misurate, un senso di vergogna e d'imbarazzo. Due quasi estranei che si conoscevano da sei anni.

Alle dieci Thomas se ne andò.

«Ottima la cena, grazie. Mi telefoni? Quando puoi... Se vuoi... Be', allora... addio».

«Addio?»

«Sì, buonanotte. E abbi cura di te».

«Anche tu. Thomas?»

«Sì...»

«Rifletterò su quello che mi hai detto».

Thomas annuì, alzò il braccio in un saluto e se ne andò senza voltarsi.

Fu l'ultima volta che lo vide.

16.

Larry gli comunicò che sarebbe partito per San Francisco alla sua maniera, con una mezza verità e una mezza bugia. E molta scena. Ma il loro rapporto si era già consumato in quell'eccesso di sfide e di emozioni che lo aveva caratterizzato dall'inizio, e lui sentiva il bisogno di una tregua. Provò dunque una sorta di sollievo al pensiero di un mare grande che li dividesse per un poco.

«Quando parti?»

«Dopodomani, Duck mi aspetta in aeroporto venerdì per portarmi a un'audizione».

San Francisco era diventata per lui la terra promessa da quando a Capodanno erano andati allo Heaven e avevano incontrato uno dello staff di Freddie Mercury che gli aveva parlato di Castro, il quartiere gay della città, pieno di locali e di possibilità per una tromba come lui. Conosceva un mucchio di gente a Castro e soprattutto un certo Duck, un padreterno dentro le case discografiche!

Lo Heaven quella sera era una specie di bolgia, appena aperto, primo locale gay di Londra, così pieno che si respirava a fatica. La musica a sciabolate insieme alle luci e tutti quei corpi… Fu una notte di stordimento, in cui si persero e si ritrovarono varie volte, e alle quattro del mattino s'incontrarono al bar. Larry con un tipo fasciato in tuta nera e azzurra a lustrini, quello dello staff di Mercury, e lui con un certo Raimundo di Barcellona. Si baciarono come due naufraghi e uscirono su Charing Cross, piena di gente.

Larry era ubriaco e lucidissimo, lui solo ubriaco.

«Andiamo a Trafalgar Square a vedere i fuochi!»

Si sedettero sugli scalini della National Gallery e Larry

gli spiegò con molta serietà che aveva deciso di trasferirsi a San Francisco.

«Vuoi venire con me?» gli chiese.

«E Funny?»

Larry alzò le spalle: «Funny non mi ama, è invidioso del mio talento. Mi castra. Lo sai cosa vuol dire per uno come me?» concluse con aria drammatica.

Non vedeva Funny Jack dalla fine di novembre: non veniva più al ristorante la sera, solo Larry. Si sedeva al solito tavolo con la camicia bianca aperta sul torace e la tromba accanto e mangiucchiava qualcosa.

Le prime volte Peppino Leoni aveva chiesto notizie del signor Burney, ma dopo un paio di risposte stravaganti aveva smesso. Era chiaro, però, che quel cliente non gli piaceva e non faceva niente per nasconderlo. Lo tollerava per rispetto dell'altro e perché pagava dei conti sproporzionati senza battere ciglio, ma non gli piaceva.

Quanto a Larry, si limitava a spiluzzicare in silenzio lasciando il piatto mezzo pieno, vuotava tre o quattro bicchieri e aspettava che Nunzio avesse finito il suo servizio. Poi usciva con lui. E questo in particolare non piaceva al signor Leoni, ma lo tollerava ancora per rispetto dell'altro. Perché un cliente come il signor Burney non si poteva perdere facilmente di quei tempi, specialmente in quell'inverno così freddo e micragnoso, che Soho la sera sembrava quasi un cimitero. E anche questa signora Thatcher nella quale aveva posto tanta fiducia, per il momento poco o niente.

Uscivano e Larry subito gli si abbrancava addosso, lo spingeva contro il muro, lo toccava, lo baciava. A pochi metri dal ristorante. Sembrava un assetato che nel deserto scopra all'improvviso una pozza d'acqua, gli piacevano queste sfide! E lui ne era preso allo stesso modo, la paura esasperava il desiderio e alle volte venivano lì, sulla strada, contro il muro o contro una porta, i calzoni abbassati sotto il cappotto, mugolando piano, col cuore in subbuglio a ogni faro che passava.

Questo era Larry e andò avanti così fino a Capodanno, che passarono a letto: l'apice, poi una rapida discesa.

Per una settimana Larry non si fece vivo e non rispose al telefono, poi ritornò una sera con Funny Jack che aveva l'aria piuttosto burrascosa.

«Signor Burney, che piacere rivederla!»

Ma lui non rispose con la solita cordialità all'entusiasmo di Peppino.

Dieci giorni dopo Larry lo invitò a casa perché aveva cose molto importanti da dirgli. Era il suo giorno di libertà.

«E Funny?»

«Non c'è, non c'è nessuno».

Nell'atrio, quando arrivò, trovò due grandi valigie di pelle pronte. Andarono nello studio e si sedettero, Larry aprì il bar e riempì due bicchieri.

«Partiamo dopodomani, mi dispiace».

«Partiamo chi?»

«Io e Funny, per San Francisco. Abbiamo fatto pace, mi accompagna anche lui. Ora è fuori per sbrigare le ultime cose. Si è convinto a lasciarmi spazio, a non tarparmi le ali, e Duck mi aspetta per un'audizione…»

Di fatto non partirono due giorni dopo, ma a fine gennaio. La sua era una bugia per drammatizzare l'evento, ma lui non si disperò come Larry si aspettava. Sospirò, di sollievo, e buttò giù il bicchiere di un fiato.

«Puoi sempre raggiungermi, non credo che Funny resisterà a lungo… Non ti dispiace che me ne vada?»

«Sì, certo, non so…»

«Vuoi che facciamo l'amore?»

Gli disse di no per la prima volta, e se ne andò.

La ferita si fece sentire dopo, perché gli angeli decaduti non hanno la leggerezza degli altri e lasciano la loro impronta. Forse orgoglio ferito, forse nostalgia e rimpianto, ci furono momenti di vuoto, soprattutto di mancata attesa. Ma durarono una settimana o poco più, il tempo per Larry di arrivarci davvero a San Francisco.

E una mattina a Nunzio venne voglia di rivedere Thomas e di parlare con lui.

A Natale si erano sentiti solo per gli auguri, lui il ristorante, Thomas il padre malato a cui doveva fare visita.

«Come va?»

«Sono stanco, ho bisogno di un po' di risposo. Mio caro, il mestiere del pedagogo è stressante, specialmente a Whitechapel. Ho nostalgia dei miei quattro alunni della Library! E tu?»

«Niente di particolare» mentì. «Il solito lavoro, adesso sotto le feste un po' aumentato».

Non fece parola di Larry e Thomas non chiese. Nemmeno si promisero un incontro, solo un momento di silenzio e un «*well, see you*».

E adesso aveva veramente voglia di vederlo, di camminare con lui per Londra la notte, di raccontare quei mesi, di ascoltarlo. Come facevano una volta anche d'inverno, sotto la neve che fioccava. Aveva bisogno della sua pacatezza, della sua sincerità.

Quel pomeriggio Thomas non rispose al telefono e gli lasciò un messaggio.

Riprovò dopo qualche giorno e poi rinunciò, immaginando che fosse di nuovo in visita dal padre: anche come figlio Thomas era migliore di lui.

La notizia arrivò col *Sun* della domenica, strillata dal ragazzo che lo vendeva all'ingresso della metropolitana di Oxford Circus.

«Il figlio di un lord accoltellato da un nero a Whitechapel! … Sconosciuti i motivi… Comprate il *Sun*… Il figlio di lord Spencer accoltellato! … Noti i suoi legami col Partito comunista… Comprate il *Sun*!»

Il titolo occupava metà pagina e sotto c'era una foto di archivio di Thomas, forse ai tempi di Cambridge, col team della canoa. Indossava una maglia bianca, con una scritta al centro che metteva in evidenza le sue spalle, e un berretto a visiera che gli copriva la fronte. Ma era lui, con vent'anni di meno ma era lui.

Il *Sun* era un giornalaccio dei peggiori, diceva sempre Thomas, di quelli che usano le tette in prima pagina e nascondono i cappi al centro. Anima nera, corruttore della povera gente: era stato lui con la sua campagna a fare vincere la Thatcher. Ed eccolo lì, sbattuto in prima pagina, con quella parola «comunista» sottolineata in rosso che schizzava fuori dalle righe. Ma lui ne sarebbe stato orgoglioso.

Comprò il giornale e si rifugiò nel caffè dove la domenica mattina si permetteva sempre un mediocre cappuccino e un muffin per colazione. Il reportage era all'interno con la foto di una strada coperta di pozzanghere, vecchie abitazioni e negozietti che puzzavano di fritto e cattivi odori solo a guardarli, e un portoncino sgangherato indicato da una freccia rossa. Lì davanti era avvenuta l'aggressione.

«Edward Spencer, che si faceva chiamare Thomas Morris, era noto anche alla Polizia per il suo attivo impegno politico nella sinistra estrema. Ma ultimamente, seguendo la sua indubbia eccentricità» diceva proprio così, «*oddity*», «si era dato al riscatto sociale del proletariato al numero 21 di Plumbers Row. Pare che uno dei ragazzi di cui si occupava, un certo J.F. Boswell, lo abbia aggredito alle spalle con un coltello a serramanico. Cinque le ferite, una mortale. Scotland Yard non ha voluto fornire elementi ulteriori sull'aggressore, che è stato catturato in un pub non molto lontano».

Questo il servizio, accompagnato alla fine dalle iniziali del giornalista e dalla foto di una macchia scura sull'asfalto, cerchiata di bianco. Quello che restava di Thomas Morris.

Quel giorno non andò al lavoro. Rimase a lungo seduto a fissare il vuoto finché si avvicinò il ragazzo del bar a chiedergli se voleva altro, allora si alzò. Regalò il giornale al tavolo e tornò a Oxford Circus dove prese la Northern Line per Highgate. Ma non andò al cimitero, camminò fino ai Ponds.

Era una giornata tremendamente grigia, di quelle che spengono l'anima e i sensi e si avrebbe solo voglia di dormire. Magari per sempre. All'improvviso, guardando l'acqua scura e deserta e pensando a quel pomeriggio di settembre con Thomas, gli venne voglia di entrarci dentro, avanti, fino a sparire. Nessuno se ne sarebbe accorto, almeno per un giorno o due. Non era il figlio di lord Spencer lui, non aveva legami, e quelli importanti si erano spezzati tutti. Si avvicinò all'acqua finché non sentì le scarpe inumidirsi e in quel momento udì dei passi rapidi alle spalle.

«Ehi, fai attenzione, in questo punto la riva è ripida!»

Si girò. Un tipo alto con un berretto grigio e in tuta lo guardava saltellando e mandando sbuffate di fiato. «Te lo dico perché una volta ci sono finito dentro io. Camminavo con degli amici lungo la riva, mi sono distratto e... *plof!* Mi hanno dovuto tirare fuori di peso!»

Scoppiò in una risata, ma intanto lo osservava intensamente senza smettere di saltellare e sbuffare.

«Sei di queste parti?»

«No, abito a Soho».

L'uomo si guardò attorno. «Non è una gran giornata questa per i Ponds, non credi?»

«Ci sono venuto in settembre con un amico...»

«Ah, quello è stato un mese straordinario, pareva estate! Io ci venivo tutti i giorni dopo il lavoro a fare una nuotata, abito qui vicino. Adesso corro, visto il tempo... E il tuo amico? Intendo dire... oggi non poteva accompagnarti?»

Scosse la testa.

«Be', non è proprio una gran giornata per i Ponds... Forse è meglio un pub, non trovi?» disse l'uomo guardandosi attorno. All'improvviso gli tese la mano: «Mi chiamo Martin Kaufman».

«Tedesco?»

«No, mio padre, io sono nato qui. E tu?»

«Nunzio Lo Cascio».

«Ah, sei italiano! Da quanto sei a Londra?»

138

«Dieci anni».

L'altro annuì. «Fa freddo, vado a casa a farmi una doccia. *Well...* spero d'incontrarti qui con un tempo migliore. *Bye*, Nunzio». Gli fece un breve cenno col capo e riprese a correre, sparendo nel grigiore.

Ma il momento era passato, la vita quella mattina era stata generosa con lui. E adesso sentiva il freddo dell'acqua, un freddo di dita viscide che dalle scarpe risaliva lungo le gambe e lo aggrediva alla schiena con brividi prolungati. Si allontanò dal lago e si avviò nella direzione dello sconosciuto.

Si ritrovò su Highgate Road e continuò a camminare. Era in preda a una specie di anestesia dei sensi e della mente, tutto concentrato sul freddo che lentamente prendeva possesso del suo corpo. Aveva fatto il vuoto dentro di sé e ogni volta che la mente si affacciava sul baratro, Thomas, si ritraeva con un moto di ripulsa.

A Kentish Town, nei pressi della metropolitana, trovò un piccolo pub: entrò, si sedette e ordinò un lungo e fumante *english coffee* con un paio di salsicce. Nell'angolo di fronte al bar un televisore trasmetteva i risultati della giornata calcistica e un uomo di mezza età dalla voce impastata discuteva col ragazzo che stava al banco, lanciando di tanto in tanto un'occhiata allo schermo.

«No, questo non lo puoi dire amico. Il Manchester ha avuto un inizio di merda, è vero, è tutto vero. Ma adesso sono in recupero, te lo dice uno che di calcio se ne intende, ci puoi scommettere. Cinque partite vinte, e Dave Sexton...» La voce s'interruppe all'improvviso. «E questo chi è, hai cambiato il canale? Di', hai cambiato il canale?»

«Quello che ha ammazzato ieri quel tipo a Whitechapel, guarda che grugno!»

«Io li farei fuori tutti questi porci. Ma è vero che era figlio di un lord?»

«Sì, e chi glielo faceva fare a uno così d'insegnare in quel posto di merda? Io mi faccio il culo qui perché mio padre era ai cantieri e adesso… Dove lo trova un fottuto posto a cinquantaquattro anni, eh? Me lo dici dove lo trova?»

«Dici bene, ragazzo, dici bene. Anche perché ci sono questi parassiti…»

«Zitto, fammi sentire!» gridò qualcuno.

Nunzio si alzò, si avvicinò al banco, guardò prima la faccia dell'uomo che contemplava il suo boccale di birra vuoto con aria sconsolata e poi quella del ragazzo, un figlio del proletariato, avrebbe detto Thomas, che guardava con attenzione fissa lo schermo. Chiese il conto.

«Il giovane Boswell» stava dicendo lo speaker «è stato fermato in un pub di Whitechapel Road un paio di ore dopo. Risiede a Birmingham ed era già noto a Scotland Yard per alcune risse…»

«Ecco vedi, sono marci e li lasciano circolare… Feccia, e ci rubano anche il lavoro…» biascicò l'uomo continuando a fissare il boccale.

«Un altro…» disse Nunzio.

Il ragazzo gli diede il resto e riempì il boccale senza una parola, lui raccolse le monete e alzò gli occhi sullo schermo: era un giovane ammanettato, che un poliziotto stava spingendo a forza nella macchina. Sembrava alto. Solo una felpa grigia col nome di un club e una testa nera e corta, il figlio di un'altra terra. Cosa ci faceva a Londra il 10 febbraio e perché Thomas…?

Il giovane si coprì il viso con le braccia e la macchina sfrecciò via.

«Dovrebbero fargli fare la stessa fine» disse il barista tirando il fiato, e cambiò canale.

Lui uscì e in qualche modo si sentiva sollevato: si aspettava che apparisse Thomas sullo schermo, all'improvviso, invece era l'altro. Senza vedere Thomas poteva farcela ancora, non pensare, camminare, prendere la metropolitana, scendere a Tottenham Court. Doveva essere al ristorante almeno per la sera.

Invece si ritrovò davanti alla Marx Library a Clerkenwell. La luce era accesa e suonò. Più volte, con ostinazione, e la porta infine si aprì.

La donna con gli occhi rossi e gonfi dalle lacrime lo guardò senza riconoscerlo e solo quando lui la chiamò: «Mrs Putnam!», qualcosa nel suo viso s'illuminò.

«Oh! Nunzio Lo Cascio vero?»

«Sì».

«Entri, prego. Stavo raccogliendo alcune carte di Thomas...» La voce si strozzò e deglutì a fatica, torcendosi le mani. «Eravamo amici da tanto tempo e Thomas mi parlava spesso di lei...»

A queste parole il vuoto che aveva fatto dentro di sé si riempì all'improvviso e la diga cedette. Aggrappato alle fragili spalle della donna come a un relitto inaspettato, pianse il dolore di dieci anni. E la vergine cinquantenne, così inesperta di corpi maschili se non per qualche fantasia segreta, prima lo accolse sgomenta e poi incominciò a cullarlo dolcemente, sentendosi madre per la prima volta.

«It's ok, Nunzio, it's ok, don't cry...»

17.

Peppino Leoni lo licenziò tre giorni dopo, quando gli chiese il permesso di assentarsi per il funerale di Thomas.

«Per me da oggi puoi andare ai funerali di tutti i culattoni di Londra» fu la risposta.

«Thomas non era un gay».

«Non lo so, qui non è mai entrato, di sicuro era un comunista».

«Sono comunista anch'io» mentì, sentendo il sangue che gli ribolliva.

«Peggio per te, perché da questo momento sei un comunista disoccupato. E ricordati che è colpa dei tuoi amici del Labour se dovrai stringere la cinghia, sono loro che hanno rovinato questo Paese coi sussidi ai fannulloni».

Peppino aveva la durezza di uno che s'è fatto da sé e qualche nostalgia dell'uomo forte, ma non era cattivo. Rispettoso delle leggi, generoso con chi se lo meritava, a modo suo fedele, cordiale con quasi tutti e cuoco non eccellente ma capace. La solida mediocrità del bottegaio e del ristoratore. Ma non sopportava il rosso, nemmeno quello più sbiadito, e se fosse dipeso da lui avrebbe scalpellato da un pezzo la lapide che stava sulla facciata del primo piano, quella «dell'inquilino illustre».

Nunzio lo sapeva e non si meravigliò della sua reazione, anzi, si sentì liberato da una zavorra: non quella del lavoro ma del dovere controllare i gesti e le parole, dell'apparire ciò che non era.

Non gli rispose, prese quello che gli spettava e se ne andò.

Mrs Putnam lo aspettava dietro Victoria Station su una vecchia Mini Morris già stipata da tre compagni.

«Il funerale è alle tre a Compton, nella chiesa di St Mary and St Nicholas» annunciò mentre s'inserivano sulla A31.

«Quale chiesa?!» sbottò uno dei tre. «Thomas era ateo! Io non ci metto piede in chiesa!»

«Hai ragione, nemmeno io, è una questione di coerenza. Lui non avrebbe mai voluto».

Nunzio rivide la loro passeggiata nel cimitero di Highgate e sentì una stretta alla gola. Quel viaggio gli sembrò all'improvviso insensato, non era lì che Thomas doveva essere. Avrebbe voluto scendere, ma gli altri non avrebbero capito: avrebbe dovuto dare spiegazioni, rivelare il suo segreto.

«D'accordo» disse Mrs Putnam «penso anch'io che per rispetto a Thomas non si debba entrare: ma noi siamo qui per testimoniare chi era veramente Edward Spencer, non è questo che ci siamo detti?»

Lui annuì a fatica.

«Allora resteremo fuori, ma ci saremo!» tagliò corto Mrs Putnam, che da quando si era messa al volante di quella spedizione aveva assunto un piglio tra la suffragetta e la rivoluzionaria.

Il villaggio di Compton era immerso nel verde di lievi ondulazioni e di campi recintati in cui pascolavano cavalli. Un sole pallido sostava sugli alberi e faceva brillare l'erba di mille gocce di brina. La piccola chiesa grigia dalla torre massiccia aspettava in disparte i visitatori con la porta spalancata. Davanti, un prato curato custodiva vecchie tombe di pietra e un uomo zappettava alcune aiuole nude, nessun altro segno di vita intorno.

«Lo seppelliranno lì?» si domandò uno dei tre. «Come posto non è male».

Nessuno gli rispose.

Parcheggiarono sulla strada deserta e consumarono uno spuntino. Una mezz'ora dopo incominciarono ad arrivare le prime macchine nere e lucide e la strada ben presto si riempì. Poi il carro funebre, seguito da un paio di vetture.

Dalla prima scese un vecchio alto e curvo sorretto dall'autista, dall'altra alcune giovani donne e uomini in nero. Cappelli, velette, un profumo discreto nell'aria.

«Quello è lord Spencer» disse Mrs Putnam a voce bassa, quasi intimidita. «Come assomiglia a Thomas!»

Era vero, sembrava un Thomas ottantenne, il vecchio, anche se aveva un modo impaziente di agitare il bastone da passeggio, che indicava un'attitudine al comando del tutto diversa dall'andatura svagata del figlio.

Fu estratta la bara di legno chiaro ricoperta da un cuscino di fiori e si formò un corteo che infilò il breve sentiero fino alla chiesa, dove un organo suonava.

«E noi cosa facciamo?»

«Ci prepariamo per l'uscita» disse Mrs Putnam.

Presero i bastoni e il rotolo dal tettuccio dell'auto e si allinearono lungo il sentiero.

La cerimonia fu piuttosto breve, poco dopo l'organo riprese a suonare e la bara uscì.

Allora aprirono lo striscione: I COMPAGNI COMUNISTI SALUTANO THOMAS, e attaccarono con l'*Internazionale*.

La bara sembrò ondeggiare e si fermò, ma a un cenno deciso di lord Spencer proseguì il suo cammino. Si avvicinò il pastore.

«Non potete rimanere qui, è un luogo di culto».

Lo scatto di un flash e i tre alzarono il pugno in segno di saluto, mentre Mrs Putnam concludeva con voce tremante: «*Shall be the human race*».

La piccola fila di cappelli e velette sfilò davanti a loro, mostrando profili giovani o cadenti come a una parata militare. Cominciò a piovere e qualcuno aprì un ombrello per riparare le signore, il corteo uscì sulla strada, la bara fu infilata nel carro e partirono.

Questo fu il funerale di Edward Spencer.

Quello di Thomas Morris lo conclusero loro in quel prato sotto la pioggia, arrotolando lo striscione e alzando in alto il pugno per l'ultima volta.

«Chissà dove lo seppelliranno…»

«Nella cappella di famiglia, questi hanno sempre una cappella di famiglia».

«Lo hanno fottuto, Thomas non avrebbe voluto finire mai con quella gente».

«Dovevamo reagire, dovevamo cantare a voce più alta, dovevamo fargli capire che non la spunteranno» disse uno dei tre, battendo rabbiosamente i pugni sul tetto della macchina.

Il corteo era sparito dietro la curva della strada e una desolazione grigia come la giornata incominciò a penetrare nella pelle di tutti, fino alle ossa: dopo il momento eroico del saluto, rimaneva quel carro che si portava via Edward Spencer per sempre, e di Thomas Morris non restava traccia. Di questo sembravano ormai consapevoli e rassegnati.

Sistemato lo striscione in macchina, Mrs Putnam si mise a piangere quietamente. «Abbiamo fatto quello che potevamo» disse aprendo lo sportello. La sua baldanza si era improvvisamente dissolta ed era ritornata la donna del cappottino liso e dell'affanno.

Nunzio non parlava. Fermo sotto la pioggia, un ingorgo di dolore e di rimpianto, il sentimento di una perdita irrimediabile e la consapevolezza della impossibilità di porvi rimedio lo tenevano inchiodato a quel carro funebre che si era allontanato così in fretta, come un ladro col suo bottino. Solo adesso gli pareva di comprendere per intero Thomas, non quello degli inni e delle bandiere, ma il Thomas che era stato per lui e quello che avrebbe potuto ancora essere.

Perché proprio adesso, amico mio?

Una domanda che non avrebbe trovato risposta, e delle poche cose che rimproverò alla vita, questa fu senza perdono.

Mrs Putnam avviò il motore. «Sali, Nunzio!»

Lui si riscosse. In quel momento arrivò dalla direzione opposta un'auto, una Citroën due cavalli rossa e nera, schizzando acqua sull'asfalto. Affiancò pericolosamente la Morris e inchiodò.

«Il funerale! Dov'è il funerale?»

Qualcuno si agitava dietro il finestrino grondante, Mrs Putnam non capiva. Allora il vetro si abbassò e una testa di donna si allungò verso di loro.

«Il funerale! Cerco il funerale di Thomas Morris!»

Era Leonidas, lui la riconobbe senza averla mai vista: il viso bianco, gli occhi bistrati di nero, la bocca grande accesa di un viola cupo. Piangeva, o forse era la pioggia. Non era bella, non era come lui l'aveva immaginata, ma era Leonidas, ne era sicuro.

«È finito» disse Mrs Putnam con gentilezza e con un cenno le indicò la direzione del corteo.

L'altra annuì, ritirò la testa e partì senza una parola.

La rivide alcuni anni dopo a un paio di marce di protesta per il «*miners' strike*», ma non ebbe mai il coraggio di avvicinarla: lo intimidiva quella testa troppo eretta e fiera; o forse erano il pensiero dell'amore di Thomas per lei, di quell'amore sprecato, e una gelosia tardiva a muovere il suo risentimento. Perché lui non smise mai la vedovanza di quel legame e, come le donne del suo paese che portavano il lutto fino alla tomba, lo accompagnò sempre un'ombra, anche nei momenti di spensieratezza. Qualcosa che dava al suo sguardo un che di vago e di inafferrabile che tormentava i suoi amanti.

«Bene» concluse Mrs Putnam ingranando la marcia con un sussulto, «credo che possiamo andare».

Il ritorno fu sotto una pioggia battente che allungò il viaggio di un paio di ore, trascorse in gran parte in silenzio. Passarono accanto a Loseley Park.

«Ecco come vivono quelli che succhiano il sangue del proletariato!» disse uno dei tre, un certo Patrick O'Sullivan, venuto apposta da Sheffield e disoccupato da un anno a causa dell'acciaieria. Poi, come folgorato: «Ma perché l'ha ammazzato quel figlio di puttana, se era uno di noi!»

«Quel ragazzo aveva dei problemi…» disse Mrs Putnam.

«Problemi?!» ruggì O'Sullivan. Ma non andò oltre, sopraffatto dalla consapevolezza che forse non c'era niente da spiegare.

Era successo, era toccato a un uomo buono e generoso invece che a uno di quelli che succhiavano il sangue del proletariato: tutto qui.

Il giorno dopo il solito *Sun* strillava in prima pagina: «Oltraggio ai funerali di lord Spencer. Bandiere rosse e l'*Internazionale*», sotto la foto di loro con lo striscione.

Nunzio ritagliò la pagina, la mise in cornice, andò al cimitero di Highgate e la depose contro il piedistallo della tomba di Marx, accanto a un mazzo di garofani rossi. E lì rimase per anni, nessuno la toccò.

Poi incominciò a cercare lavoro. Lo trovò in modo del tutto casuale a Portobello, quando la sua piccola scorta di sterline si era ormai pericolosamente assottigliata, e si avvicinava la data dell'affitto: in una pizzeria gestita da un certo Mario.

Entrò, prese una birra e vide la grande foto dietro la cassa: *Bedford Team, 1972*. La sua squadra. Lui era il secondo a destra e Mario quello al centro, accosciato, un'ala sinistra veloce nei piedi e nel cervello. Mario di Caserta.

Aveva fatto più strada di lui.

«Sì, è di là, glielo chiamo» gli disse la cameriera.

Era ingrassato, Mario, la faccia rotonda e liscia, gli occhi piccoli e cisposi. Soffrivano la nebbia e il freddo, per questo aveva dovuto lasciare il calcio, ma era contento. Da quanto tempo aveva aperto? Due anni, non andava male, certo bisognava accontentarsi…

«E tu? Dopo che te ne sei andato non ti sei fatto più vivo e Carminuccia c'è rimasta proprio male. Diceva che le sembrava di avere perso un figlio. E Maria, te la ricordi vero? Per me un pensiero su di te l'aveva fatto, poi si è sposata con uno del paese: ma una faccia c'aveva!» Vide che lui guardava la foto e sospirò: «Tu potevi fare più strada di me, eri in gamba. Quel figlio di puttana! E qui a Londra cosa fai? Certo che non sei cambiato, anzi...»

Fu costretto a confessare la sua penuria e ad accontentarsi dell'offerta che gli poteva fare Mario, «solo perché sei un amico». Era poco più della metà di quello che gli dava Peppino Leoni, e mance niente, ma poté pagare l'affitto.

Al lavoro per risparmiare andava in bicicletta e la sera Mario gli regalava una pizza, ma dopo alcuni mesi si accorse che i pantaloni gli scendevano sui fianchi, anche con la cinghia, e gli venne in mente che forse Funny Jack era tornato.

Era fine aprile, vento freddo dal mare e scrosci di pioggia, alle volte tornava a casa fradicio e la stufa elettrica bisognava accenderla, l'acqua riscaldarla. Pensò a Funny all'improvviso, andò a una cabina e gli telefonò.

La loro storia iniziò come un rapporto di lavoro e andò avanti così per più di un anno, fino a quando Bernard non ritornò in Canada. Nessuno in quel periodo parlava di Larry e lui non si faceva vivo, tuttavia Nunzio aveva intuito che aveva lasciato ferite profonde: gli occhi di Funny erano segnati, il sax era muto. Ma anche lui aveva le sue da curare.

Lavoravano al mattino nello studio di Funny, per una mostra che stava preparando a Boston. All'inizio la nudità del proprio corpo esposta all'occhio della macchina lo paralizzava.

«Sciogliti» gli diceva Funny «rilassati. Non così, guardami»

Ma lui vedeva solo l'obiettivo che indagava come il microscopio su una cellula e pensava al corpo di Larry nelle foto dell'ingresso, sezionato e irriconoscibile.

«Non così» lo pregò, e fu sul punto di lasciare.

Allora intervenne Bernard: «Potrei leggere qualche poesia?»

Il piccolo Bernard!

Incominciò con Yeats, il suo poeta preferito, e continuò con Dylan Thomas su richiesta di Funny.

«Leggi *Poem in October*».

Lui lo conosceva tutto a memoria.

«*Era il mio trentesimo anno verso il cielo...*»

«E senti questo: *Il mio compleanno iniziò con gli uccelli dell'acqua / e gli uccelli degli alberi alati trasvolanti il mio nome...*»

«Che meraviglia, vero? Quando compi gli anni, Nunzio? ... Così, girati così, Nunzio, perfetto. Leggi, Bernard».

Bernard leggeva col suo curioso accento, lui non capiva tutto ma si sentiva trasportato lontano da quelle immagini, in alto o negli abissi, e perdeva il senso del tempo e del luogo.

«Sdraiati adesso e chiuditi come un feto. Perfetto! Leggi, Bernard».

«*Manciata di zodiaco e pula di giovani stelle...*»

«Che meraviglia, vero?»

«*Amore spellato nel gelo e affidato all'inverno...*»

Bernard leggeva e Funny ripeteva e scattava.

«*Il mio cuore unico e nobile ha testimoni in tutte / le contrade d'amore, che desti andranno tastoni...*»

Poesia e foto, all'inizio andò così. Poi lui acquistò sicurezza, incominciarono a lavorare all'esterno e non ci fu più bisogno di Bernard e delle sue letture.

«Sei un professionista, ormai» gli diceva Funny. «Dovresti smettere con la pizzeria».

Ma lui non riusciva, lasciare quel lavoro gli pareva un tradimento, come mancare la visita al cimitero di Highgate nell'anniversario della morte di Thomas. Non aveva bisogno di soldi ormai: andava alle mostre, qualche volta allo Heaven o più spesso a Camden all'Electric Ballroom, usciva con Funny e Bernard e molti altri, ma dall'una alle otto di sera faceva il cameriere. Una doppia vita.

Funny ci scherzava sopra, ma senza cattiveria, era una natura tollerante. Anche quando Bernard se ne tornò in Canada senza troppe spiegazioni non se la prese, chiese soltanto a Nunzio se non voleva trasferirsi da lui, ora che la casa era vuota. Restava il silenzio di Larry, e quella era la sua ferita. Lo capì quando lo conobbe meglio: era Larry ad avere lasciato l'impronta.

«E quando cieco sonno cada sui sensi spianti, il cuore è sensuale, anche se crepano cinque occhi...»

Anche lui cercava questo e non poteva essere Funny a darglielo.

Gli disse di no, che preferiva rimanere nel suo buco a Dean Street.

18.

Poi le cose andarono in altro modo.

Il 2 aprile 1982 il generale Gualtieri della Giunta militare argentina ordinò l'invasione delle Malvinas. Una guerra per pochi scogli che fece mille morti e decretò il trionfo della Thatcher alle elezioni successive. I giornali conservatori gridarono alla rinascita delle glorie imperiali, i progressisti tennero la sordina perché le elezioni erano vicine. Solo Mrs Putnam, implacabile, chiamò a raccolta gli ultimi della Lega per una protesta a Trafalgar Square contro le «inutili morti»: duecentotrentasei soldati inglesi.

MORIRE PER LE FALKLAND? domandava lo striscione.

Si chiese che cosa avrebbe fatto Thomas, e ci andò.

Di nuovo furono in prima pagina sul *Sun*, bollati come «traditori».

Funny rise divertito, ma il padrone di casa non gli rinnovò il contratto di affitto, e così a maggio si trasferì da lui.

Amanti lo divennero qualche mese dopo e non a Londra, ma nell'isola di Wight.

Stavano a Shankling, sulla costa orientale, e avevano affittato un piccolo cottage fuori mano per sfuggire ai turisti ancora numerosi. Facevano lunghe passeggiate lungo la costa e Funny scattava in continuazione, furono tra le sue foto più belle quelle di Shankling. E un giorno, nudi su una spiaggia deserta, si amarono come un uomo e una donna. Nessun brivido, ma una penetrazione lunga e dolce, che dopo gli fece pensare ai Ponds di Highgate e a Thomas. Allora gli parlò di lui e di Antonio, ma non di Larry, perché sentiva che lo avrebbe ferito.

Fu Larry a farsi vivo improvvisamente dopo quasi due anni di silenzio, intorno a Natale.

«Ehi, cosa ci fai lì? Sono Larry».

«Larry?! Dove sei, a San Francisco?»

«No, a Memphis, in Tennessee».

«Memphis?»

«Sì, è la città di Presley, e di un mucchio di musicisti. Ma senti… Ho bisogno di parlare con Funny. Praticamente… mi hanno incastrato… C'è Funny?»

«È fuori, non torna stasera».

«Fuori… E tu, senti… che cosa ci fai lì? Gli scaldi il letto, vero?» Scoppiò in una risata. Anche la voce era cambiata, dell'angelo non c'era più traccia. «Allora chiamo domani. Senti… ma digli che ho bisogno, capito? Che mi servono soldi, altrimenti quelli mi fanno il culo, i negri della malora. Non scherzano, capito?»

Era ubriaco e forse qualcosa di più, cercò di calmarlo ma lui riattaccò.

Il giorno dopo richiamò e parlò con Funny: era un affare di droga, questione di vita o di morte, e Funny lo rassicurò che gli avrebbe mandato il denaro.

Quando riattaccò il telefono era livido, la sua faccia liscia e bonaria si era improvvisamente svuotata ed era solcata da rughe profonde. Fu l'unica volta che Nunzio lo vide soffrire, ma Funny non gli disse una parola.

Forse mandò il denaro a Larry, anzi era sicuro che lo avesse fatto, però non gli parlò mai di lui, e Larry non si fece più vivo. L'angelo ribelle si perse così, nei blues e nel rock o forse nella sua disperazione. Talvolta Nunzio sognava di fare l'amore con lui, ma di giorno evitava di pensarlo. Quanto a Funny, sembrò in lutto per un mese, poi tolse ogni sua foto, buttò tutte le sue cose e riprese a vivere. Ripresero a vivere.

Tre anni dopo, una mattina di ottobre, telefonò sua madre. Lo chiamava ormai regolarmente da quando viveva lì, ogni settimana, e sempre incominciava con la stessa domanda.

«Figghjiu meu, quandu veni?»

Quindici anni che la ripeteva.

«Tra poco, mamma. Tra una decina di giorni» le rispose quella volta. Sentì che le mancava il fiato e le sembrò di vederla sbiancare.

«Dieci giorni... Pa daveru?»

«Sì, mamma, questa volta vengo. Devo andare con un amico a Tropea e poi sull'Aspromonte, a fare un servizio fotografico...»

«Figlio, ma non mi hai detto che facevi il cameriere? Cosa ci vai a fare sull'Aspromonte?»

«Adesso faccio il fotografo, voglio fare un servizio sui sequestri».

«I sequestri? E perché, figlio mio? Cosa c'entri tu coi sequestri?»

«Io niente, c'entra la 'ndrangheta. E dopo passo a salutarti. Santino c'è?»

«E certo che c'è, figlio mio, e anche Annina, che è diventata una bellezza!»

«No, allora facciamo così: tu prendi l'autobus e vai a Gioia Tauro. Gioia Tauro, mi hai capito? E lì mi aspetti, dove arrivano gli autobus».

«Figghjiu meu, ma pecchí? Perché non vuoi vedere tuo fratello?»

«Non è come pensi tu, è che ho poco tempo. Solo questo, e voglio vedere almeno te. Perché non ti porti anche Annina? Così la conosco».

«Annina? ... Non lo so, devo chiedere a suo padre... E quando ci vediamo? La settimana prossima mi telefoni? Pa daveru, Nunziu? E cosa ti devo portare? ... Niente? Ti preparo le susumelle che ti piacevano tanto da bambino?»

«Sì, ma non piangere. Perché piangi?»

«E cu ciangi? Ieu non ciangiu!»

«Va bene, allora ti chiamo io. Mamma...?»

«Ma non ci andare in Aspromonte, che t'impicci a fare...»

«È il mio lavoro».

«Lavoro di fare fotografie? E che lavoro è?»

Gli sfuggì una risata.

«Piuttosto fatti bella, che ti voglio presentare al mio amico».

«Na vecchjia comu a mia? Si pacciu, figghjiu meu!»

Nunzio riattaccò sorridendo. All'esterno il giallo delle betulle indorava il prato sul quale saltellavano alcuni scoiattoli. Giornata perfetta per la felicità.

La telefonata con sua madre lo aveva liberato dalla nube opprimente del ritorno: sarebbe andato tutto bene, adesso lo sapeva. Si stirò, accennò a un paio di saltelli e scrisse un biglietto a Funny: *Vado a correre, ci vediamo per il lunch da Charlie's.*

Era un locale su Nottinghill Road, un posto accogliente, c'era andato anche con Jeffrey un paio di volte. Jeffrey...

L'aveva conosciuto alcuni mesi prima a uno degli ultimi cortei per il «*miners' strike*», dove aveva fatto un mucchio di foto. Anche del muso di Jeffrey.

«Tagliato con l'accetta» gli aveva detto Funny. «Cosa ci trovi di bello in uno così? Forse il cazzo». Ma senza rancore, perché sapeva di potere contare su di lui.

Era stato Funny a fargli scoprire la fotografia, diceva che aveva l'occhio del fotografo sociale.

«Tu vedi l'uomo, vedi quello che la gente ha dentro».

La rabbia feroce di Jeffrey, per esempio, uno dei primi a essere buttato fuori di miniera dalla Thatcher; la sua sconfitta. Un anno di fame e alla fine il rospo dell'accordo. C'era tutto questo nelle sue foto, diceva Funny.

«Io non sarei capace, sono frivolo io, tu invece ce l'hai nel sangue».

Forse quella notte lontana sotto i quercioli, e la bocca di Antonio spalancata alla luna...

Quasi non lo ricordava più Antonio, ma voleva andare

sull'Aspromonte, quello sì, perché da lì venivano suo padre e gli uomini come Santino. Sua madre no, era delle terre di mezzo, ma sua madre non contava. Le donne non contavano niente laggiù.

Correva lungo Ladbroke Road, calzoncini e maglietta bianca. I platani avevano seminato l'asfalto di foglie che scricchiolavano sotto la battuta delle scarpe, le ginocchia lavoravano alacremente. Giornata perfetta per la felicità.

Imboccò Holland Park Avenue e la attraversò.

Non c'è sempre un perché nelle cose che accadono o almeno non ci fu quella volta: attraversò la strada in diagonale, proprio mentre arrivava un grosso furgone dei trasporti. Non lo vide, è certo, ma lo vide l'uomo al volante che cercò di frenare.

Ore 10,47.

Se quella mattina Nunzio Lo Cascio fosse stato meno felice...

Ma lui era felice quella mattina e seguendo quella felicità attraversò la strada.

19.

Di Claudio m'innamorai subito, non appena lo vidi. Anzi, fu lui a vedermi per primo, io annaspavo tra pacchi e valigie, donne in ciabatte e schiene lavate dal sudore, una fiumara in piena che il treno notturno dal Sud aveva appena riversato sul binario quindici della Stazione centrale di Milano. Poca la gente rivestita e fresca di piega e tutti nelle prime carrozze, noi con l'aspetto appiccicoso che lascia lo scirocco dei giorni peggiori e sulla faccia l'impronta dell'insonnia. Mi venne voglia di scappare.

Arrivata alla fine del binario udii una voce: «Annina!» e tra il muro di facce che stavano in attesa scorsi una testa che spuntava sulle altre.

«Sono Claudio!» Infilò il braccio tra due spalle. «Scusate» allargò lo spazio con noncuranza e si fece avanti. Una criniera ispida che lottava col collo, una blusa di tela chiara dalle maniche rimboccate fino ai gomiti, avambracci tatuati e sandali di corda ai piedi; ma soprattutto i denti, bianchi e feroci, scoperti fino alle gengive nel sorriso. Claudio era un gigante e quando uscì oscurò tutto. Vicino a lui c'era una creatura minuta, che sembrava minacciata da quella massa enorme e viva, eppure sorrideva.

«Annina, come ti sei fatta bella! Metti quasi soggezione!»

La riconobbi solo dalla voce, per il resto Concetta era un'altra donna. Allora aveva il vanto dei suoi capelli fino alla schiena e un corpo pieno che nascondeva con le magliette; adesso era quasi trasparente, i capelli rossi fermati in alto con un pettine, e nera nel vestito come mia nonna. Mi prese le mani, le sollevò verso il viso in un gesto abituale, e intanto mi guardava.

«Gli occhi! Non sono cambiati. E come potevano? L'ho

detto anche a Claudio, guarda quelli e non ti sbagli, non ti puoi sbagliare. Sono felice che tu sia qui a Milano, vedrai che ti troverai bene. Ti ricordi quando mi dicevi che solo il teatro volevi fare?» Si rivolse a Claudio: «Aveva dodici anni, ma un carattere!»

Concetta era sempre stata buona e fiduciosa, ma adesso aveva anche un'aria appagata. Si vedeva da come guardava Claudio e il mondo che le passava accanto, senza alcuna difesa, con l'ottusità placida della pecora in mezzo al gregge. Claudio e io invece eravamo dei lupi. Io più di lui, che ero stata ingabbiata per anni e avevo una fame rabbiosa di libertà e di vita.

Uscimmo dalla galleria e Claudio caricò le mie due valigie su una vecchia jeep piena di roba.

«È un po' rigida, ma non dice mai di no. Mi ha portato dal monte Rosa alle paludi del Rodano, indistruttibile!»

«Credevo che facessi teatro».

«Fa teatro ed è molto bravo» intervenne Concetta allacciandogli il collo con le braccia. «Ma gli piace anche fare lo scalatore e il pescatore solitario».

Noi due sedemmo dietro, stipate tra le valigie e alcuni scatoloni. Concetta appoggiò la guancia sulla sua schiena e io agganciai l'occhiata di Claudio nello specchietto, rivolta a me. C'era una specie di benevolo disprezzo in quell'occhiata e un invito esplicito, così chiaro che il cuore mi martellò e mi sentii arrossire.

Il resto del viaggio lo passai guardando Milano attraverso il finestrino e ascoltando i «ti ricordi» di Concetta. Alle domande sulla mia famiglia e su di me risposi a morsi di pane, mio padre mi aveva insegnato a diffidare anche dell'aria, ma Concetta non mostrò nessun rammarico.

«Sarai stanca dopo questo viaggio! È peggio che andare in America, vero? Mi ricordo di quando arrivai a Milano tre anni fa: mentre aspettavo un amico, mi sedetti sulla valigia alla fine del binario. E mi addormentai».

Parlando non smetteva di accarezzarlo.

«Lasciami, mi fai caldo» disse Claudio.

«Scusami». E si sistemò una ciocca di capelli che le era scesa sulla spalla.

«Ti stanno bene rossi».

«Davvero? Me li ha consigliati lui. A dire la verità me li ha imposti per uno spettacolo e poi mi ci sono affezionata. Mia madre non li può vedere: dice che sembro una puttana del Nord».

«Anche mia nonna Carmela dice che le attrici sono tutte "pputtane"».

Ridemmo insieme.

Quella notte stessa io e Claudio diventammo amanti.

Abitavano in una casa di ringhiera, due stanze, verso porta Genova, e mi avevano sistemata sul divano. Fu lui a cercarmi, ma l'aspettavo: facemmo l'amore per terra, nudi sopra una coperta, io così eccitata che Claudio non si accorse che per me era la prima volta.

«Chissà quanti uomini hai fatto impazzire!» mi disse dopo, accarezzandomi tra le cosce. «Perché tu sei il tipo che fa ammattire gli uomini, è vero? Quanti te ne sei fatti, eh?» Lo ripeté più volte quella notte: «Eh, quanti?»

Io non rispondevo, pensavo che facesse parte del gioco, mi atteggiavo a misteriosa ed esperta, e lui si accaniva, spingeva più forte. Era sopra di me col peso del suo corpo gigantesco, i suoi colpi mi facevano male ma la sua rabbia gelosa mi lusingava, mi dava un senso di potenza.

Invece avrei dovuto intuire, da quelle frasi e da come mi frugava alla ricerca di ogni intimità da violare, che era abituato a divorare l'altro.

Però io non ero Concetta. Entrambe avevamo respirato l'Aspromonte ma il mio impasto era diverso.

Mi salvò l'istinto: lo assecondai ma gli mentii, gli negai le mie emozioni profonde ma lasciai che diventasse padrone del mio corpo. Fu questa la mia salvezza e la ragione di quella infelicità felice che chiamavo «amore».

Verso l'alba sentimmo la voce di Concetta: «Claudio, dove sei?»

Si alzò con calma, infilò i pantaloni e andò da lei.

«Sono andato a fumare una sigaretta. Perché non dormi, pettirosso?»

Continuammo così per i tre mesi che seguirono, la notte veniva da me e di giorno la chiamava «pettirosso».

Facevano teatro in un centro sociale molto frequentato e in quei mesi estivi anche all'Idroscalo. Concetta si dedicava ai bambini, lui era un mimo straordinario e un buon acrobata. Bravo era bravo e molto ammirato.

Io avevo trovato lavoro per quattro ore nel bar del centro sociale e nel resto del tempo li seguivo: li aiutavo nel trucco e facevo l'aiutante quando occorreva. Volevo imparare in fretta, anche se Claudio non sembrava molto disponibile a insegnarmi, non lo diceva ma lo avvertivo.

«Perché?» gli chiedevo la notte.

Allora negava, si riparava nei giochi d'amore, fingeva di dormire. Una volta però si lasciò sfuggire: «Non hai il fisico giusto. Sei troppo vistosa, sei più da teatro vero, forse drammatico. Quando saremo a Londra...»

Forse lo disse per tenermi tranquilla, ma «quando saremo a Londra» divenne il saluto di ogni mio risveglio e l'argomento preferito delle telefonate con la nonna.

«Quando sei a Londra, vedi dove Nunzio abitava e mandami notizie».

«Ma nonna, Londra è grandissima, non è come il paese, e non sappiamo niente di lui!»

«Tu vedi».

Del teatro non parlava mai né di quello che facevo a Milano, si era accontentata di sapere che stavo da Concetta, chida pazza!, e che lavoravo in un bar. Nemmeno di mio padre parlava, io non chiedevo e lei non diceva, sembrava diventata stranamente prudente e io pensai che l'orecchio di mio padre arrivasse fino a lei. Ma quello che mi colpì fu il suo atteggiamento verso la santa Rosalia di mia madre.

Non più il disprezzo abituale, e una volta la chiamò «povera donna».

«Perché la chiami così?» le chiesi.

«So io».

Un'altra volta «rovina della famiglia».

«E perché?»

«Non t'impicciare».

Sembrava avere perso la sua logica spietata, e andava di qua e di là a seconda dell'umore. Pensai che stesse invecchiando, ma la volta in cui si lasciò sfuggire «che quella poveretta da quando te ne sei andata sta come le anime del Purgatorio», mi feci coraggio e telefonai a mia madre.

Era per paura che rispondesse mio padre che non l'avevo mai chiamata, ma anche perché non le perdonavo i giorni della prigionia, dei quali incolpavo prima lei e la sua debolezza piuttosto che mio padre.

«Annina!»

Poi un lungo silenzio. Pensai che piangesse. Ma lei negò: che stava bene, che tutto andava bene. Lo disse per tre volte, e io capii che era il contrario che voleva dire ma non ne aveva la forza, e non la chiamai più.

Per molti mesi non la chiamai: avevo diciotto anni e dalla mia la ragione della bellezza e della giovinezza, adesso anche Claudio. Mi sentivo invincibile e non perdonavo ai vinti.

Continuai invece a sentire nonna Carmela, la quale ogni volta mi chiedeva notizie dello zio Nunzio.

«Ma come, nemmeno il posto dove abitava trovasti?»

Più il tempo passava e più zio Nunzio diventava per lei un assillo.

Ero stata a Bedford e alla chiesa di St. Peter a Clerkenwell, ma non avevo trovato traccia di quelli che l'avevano conosciuto. Zio Nunzio ormai era soltanto nel cimitero del paese, a Londra sembrava non esserci mai stato.

«E la moglie? Nemmeno quella trovasti? Io non ci posso credere...» mi diceva nonna Carmela, e la sua voce, da quella bandiera squillante che era, si faceva floscia, opaca, si accartocciava su se stessa fino a spegnersi.

Mi faceva male al cuore la voce di nonna Carmela e decisi che la volta successiva le avrei mentito: le avrei raccontato una storia come desiderava lei, in fondo poco ci voleva.

Ma non fu necessario.

20.

A Londra io e Claudio arrivammo a fine settembre. Partimmo con le nostre valigie e io con un viatico speciale: «Cento volte ti deve toccare quello che è toccato a me!» fu l'augurio di Concetta.

Partimmo una settimana dopo che ci aveva trovati nudi sul divano, forse perché mi era scappato un grido o perché doveva succedere che quella notte, invece di chiamare Claudio, lei scendesse dal letto. Da chiedersi perché avesse aspettato tanto.

Arrivò come un fantasma bianco, coperta da una camicia trasparente fino ai piedi, e accese la luce. Io ero in ginocchio sopra Claudio e lei mi vide così. Guardò solo me, a lungo, poi spense la luce e tornò nel suo letto. Claudio non la seguì e non la chiamò «pettirosso», ma s'infuriò e le diede della «stronza». Disse che lei sapeva, che non poteva non sapere e che si era alzata solo per rovinarci la festa.

Io invece pensavo che Concetta non si fosse resa conto, come la pecora nel gregge non vede il lupo né lo sente. Cieca e sorda, Concetta. Provai pena per lei e pregai Claudio di raggiungerla, ma rifiutò. Allora capii che aveva già fatto le sue scelte e non aspettava altro che questo.

Il giorno dopo telefonò a Peter Colosi, l'amico regista che lo aveva richiesto per uno spettacolo a Londra, e anticipammo la partenza. Era prevista per il mese di novembre e avremmo dovuto essere in tre, invece partimmo in due, Concetta rimase a Milano.

Fu la settimana più strana della mia vita: tre naufraghi aggrappati a un relitto, attenti a non incontrarci. Concetta non si faceva vedere, come un vero fantasma: usciva presto e quando era in casa, appena ci sentiva arrivare, si chiudeva in camera. Ma anche noi evitavamo di stare insieme, io la notte sul divano, e Claudio dentro un sacco a pelo nell'ingresso. Mangiavamo separatamente e andavamo al bagno come ladri. Era come se avessimo paura di lei, intimoriti dal suo silenzio e dalla sua assenza. Mai Concetta fu così potente come in quella settimana e così presente in mezzo a noi.

Arrivò finalmente il momento di partire e, mentre aspettavamo il taxi nell'ingresso tra sacche e valigie, ecco che si materializza lei con una faccia da furia che pare un'altra e si butta addosso a Claudio singhiozzando.

Lui resta di sasso, poi la prende per le spalle con gentilezza.

«Non fare così, passerotto» e cerca di allontanarla.

Ma lei lo agguanta alle braccia con le unghie.

«Porco! Farabutto!»

E quando Claudio riesce a liberarsi si rivolta contro di me.

«Centu voti ndavi i ti tocca chigglju chi toccau a mia!» e mi sputa in faccia.

La pecora ha i denti aguzzi.

Nel viaggio verso l'aeroporto non scambiammo una parola. Scuro in faccia, Claudio guardava ogni tanto le strisce rosse delle unghie sugli avambracci e le maniche strappate, imprecando a voce bassa. Io pensavo a quel «passerotto» con cui l'aveva accarezzata senza toccarla: non glielo avrei perdonato. Mai nel nostro rapporto parole così, solo «troia», «figa», «bocca portentosa»: mi voleva puttana, e solo per lui. Un grande idolo, come diceva, una madonna nera da celebrare nei nostri riti d'amore. Per un po' mi sentii orgogliosa e appagata, arrivò poi il vuoto: un bisogno di tenerezza insoddisfatto che mi lasciava ogni volta più delusa. Soprattutto dopo Bodmin.

Ma quando arrivammo a Gatwik eravamo all'inizio e ci bastò mettere piede a terra per abbandonare Concetta al suo destino.

Londra!

Mentre camminavo accanto a Claudio verso l'uscita ero in preda a un groviglio di emozioni: quel flusso di gente ininterrotto e la lingua sconosciuta rendevano il mio camminare un continuo sperdimento. E mi veniva da pensare allo zio Nunzio e al suo arrivo solitario, ma anche a me bambina alle fiere in Aspromonte, tra quei corpi maschili vestiti di nero e il loro duro dialetto, io con il mio vestitino bianco e la piccola borsa ricamata da mia madre, che mi stringevo alla gamba di mio padre in cerca di sicurezza.

«Sei stato spesso a Londra?» chiesi a Claudio.

Lui mi lanciò un'occhiata e forse sentì il mio affanno.

«Vado troppo in fretta?»

Scossi la testa.

«Cinque o sei volte almeno, per fare degli stage, e un paio a Edimburgo. È lì che ho conosciuto Peter. È un tipo strano e pieno di manie, ma in gamba. E parla un italiano piuttosto creativo ma comprensibile: ti piacerà».

All'improvviso mi sorrise e mi abbracciò.

«Scusami, è stata una settimana difficile per me... per noi. Ma adesso sarà un'altra cosa, vedrai».

Ripartimmo da quell'abbraccio tra la gente, e tutto andò bene per un anno.

Quando uscimmo, spingendo il carrello e tenendoci per mano, mi colpì un ometto curioso dall'aria smarrita, che reggeva un cartello di benvenuto: *Welcome to London*.

«Ehi, Peter!»

Al richiamo di Claudio si riscosse, lo guardò e incominciò a muovere il cartello.

«*Hallo, hallo*».

Peter Colosi pareva non soffrire di timidezza e non avere il problema del giudizio altrui, che io invece avevo succhiato col latte di mia madre e assorbito dai discorsi della nonna: scavalcò con un balzo la ringhiera e si buttò su Claudio.

«*My friend!* Quale piacere tu sei qui! *I'm very happy to see you!*»

Il volume della voce e la statura più che inglesi sembravano delle nostre parti, ma non l'abbigliamento: guanti chiari di pelle, gonnellino scozzese alle ginocchia, panciotto verde acceso e camicia bianca.

«Visto? Già pronto per Edinburgh!» e prese a sgambettare. La gente attorno a lui rideva.

«Sei il solito matto! Anch'io sono contento di vederti e di lavorare con te. Allora, il festival è assicurato?»

Peter annuì più volte con aria solenne.

«*Yes, but I have to work very hard.* Come dicete voi? Mi sono dovuto fare… un culo così? Ah, gli italiani!» spalancò braccia e bocca in un sorriso. «Un poco italiano anch'io, vero? Co-lo-si: mio grande nonno. *But… how was the journey?* Com'è andato il viaggio?»

«Bene» e solo allora Claudio sembrò ricordarsi di me. «Peter, questa è Annina».

Lui mi guardò.

«Oh, sì». Allungò la mano inguantata e strinse appena la mia. «Vogliamo andare ora? La macchina ci aspetta al parcheggio» concluse con una risatina.

In quel primo incontro Peter Colosi mi sembrò un esibizionista e un maleducato. Scoprii poi che era solo molto timido con le donne, in particolare con le donne belle. Si era vestito così per nascondersi ai miei occhi, mi confessò a Capodanno dopo parecchi brindisi all'anno nuovo e allo spettacolo.

E in effetti Peter era un camaleonte che recitava in continuazione la parte del buffone, ma dagli attori sulla scena pretendeva il massimo: esigente e maniacale, fece piangere spesso Mary Ann, l'attrice protagonista.

Mary Ann era «bionda come il miele inglese e bianca come il latte inglese» diceva Peter; insomma era una inglese purosangue. E parlava con un orribile accento *cockney*, diceva, ma cantava come Maria Rodriguez cantava il *fado*. Per questo l'aveva scelta: una eroina drammatica quando cantava e una baldracca quando parlava. Peter rideva a queste battute e Claudio con lui, ma non c'era molto da ridere a vedere il rossore che invadeva il collo di Mary Ann e su fino al viso bagnato di lacrime. «Lacrima facile» la chiamava Claudio, e anche per questo Mary Ann mi era simpatica. Fino ad agosto, quando mi sputtanò davanti a tutti.

Quanto a me, all'inizio mi parlava attraverso Claudio e, se gli capitava di guardarmi, era poco più di un guizzo. Poi dopo un paio di mesi si rilassò e incominciò a scherzare: mi chiamava «*fury*» o «*filly*», puledra, e questo infastidiva Claudio, si vedeva chiaramente, anche se taceva perché era in gioco lo spettacolo.

Fu il periodo più bello per noi. Le prove si facevano in un grande locale di mattoni anneriti sul retro della casa, che Peter chiamava atelier ed era stato il laboratorio del nonno. Lui l'aveva conservato intatto, aggiungendovi alcune sedie, una poltrona da regista e un palco ingombro di scenografie. Incominciava ogni volta ricordando a tutti che quello era un musical diverso, la guerra delle Falkland ridicolizzata, l'eroismo rovesciato. Pochi attori, molto corpo in scena, mimo, musica e voce.

«Sforzatevi di non essere inglesi!» gridava.

Era geniale Peter, a modo suo, ma guai a contraddirlo!

Per le scenografie filmavano spesso nei pressi di Dover, sulle scogliere, o nella brughiera della Cornovaglia: la storia infatti era ambientata nelle Falkland quando ancora si chiamavano Îles Malouines, e il paesaggio di Dover e della brughiera secondo Peter era quello giusto.

Io assistevo alle prove, preparavo i pasti e mi occupavo del guardaroba: non era un grande affare ma mi pagavano, e intanto imparavo l'inglese.

«*Look and listen*» diceva Peter.

Imparai molte cose in quei mesi, e non solo la lingua.

Una volta andai a Bodmin con loro. Bodmin è una piccola città della Cornovaglia, piuttosto antica. Era fine marzo, e stavamo pranzando all'aperto nella brughiera. C'erano dei grandi massi di granito qua e là e io mi nascosi al di là di uno di questi per un bisogno. Peter mi prese all'improvviso, da dietro, come due conigli. Mi chiuse la bocca con una mano e fece in fretta. Poi la tolse, mi sorrise e si mise un dito sulle labbra: zitta!

Io non dissi niente. E forse lo feci per Claudio o forse per me; o per entrambi. Ero paralizzata dalla sorpresa e dalla vergogna, ma c'era anche altro: la santa Rosalia di mia madre coi suoi silenzi, e il latte avvelenato che avevo succhiato da lei, e l'aria che avevo respirato al paese e che ancora mi riempiva i polmoni. Anche questo c'era.

Silenzio tutte le volte, fino ad agosto.

Ma i primi due mesi a Londra furono le nostre nozze. Peter lavorava ancora alla scenografia e spesso era fuori col fotografo, noi a casa a fare l'amore. La nostra camera era al piano superiore, una specie di sottotetto spazioso, arredato con tappeti, cassapanche e un grande letto alcova. Quando eravamo sazi uscivamo, alla ricerca di un pub o di un caffè o a perdersi nelle strade per il piacere di essere allacciati e di baciarci, senza bisogno di sfidare il mondo.

Londra fu la città della nostra luna di miele. La percorremmo tutta e con qualsiasi mezzo e più di una volta capitai a Portobello. L'ultima non con Claudio, che non sopportava la confusione di quel mercato, ma con Mary Ann.

21.

«Nonna, ho una sorpresa per te».

«Trovasti Nunzio?»

«Una cosa sua, una foto».

«Una foto di che?» abbaiò nella cornetta.

Ormai parlava così, non sapevo se perché s'era fatta sorda o perché era perennemente arrabbiata. O forse era la testa di nonna Carmela che stava svaporando, stanca ormai d'inseguire la sua ossessione e desiderosa di riposo.

«Una foto di quando giocava a calcio nella squadra di Bedford».

«Bedford?! Aundi esti stu postu?»

«È dove andò quando lasciò il paese. Non ti ricordi, nonna?»

Rimase in silenzio per un poco, poi fece un lunghissimo sospiro e riattaccò.

Faceva un freddo atroce quel gennaio a Londra, il vento soprattutto. Arrivava dal nord, dalla Scozia gelata, e quando uscivo mi prendeva di sorpresa alla testa, stringendola in un cerchio di ferro. Incominciarono le nevralgie, così decisi di comprarmi un colbacco usato a Portobello, e Mary Ann mi accompagnò.

Ci frequentavamo da Capodanno, quando Peter aveva fatto una grande festa e invitato un centinaio di persone. Di tutto c'era, peggio che al carnevale di Castrovillari, e Mary Ann arrivò vestita da coniglietta con le gambe nude, la sua cosa più bella, i tacchi altissimi e un codino grigio tra le chiappe che muoveva in continuazione. Mentre andava verso Peter, che la chiamava a gran voce, un tacco si piegò e lei rovinò a terra. Rovinò è la parola giusta, perché grande com'era si tirò dietro Peter e un cameriere. Alla fine Peter si alzò, il cameriere pure e un paio di uomini la raccolsero e la lanciarono in alto, accompagnata da un coro di urla.

Lei rideva, ma non era ubriaca: le piaceva solo divertirsi. La sua allegria m'impressionò e mi avvicinai. Vestita col mio abito rosso, mi sentivo un po' la statua della Libertà e tutti mi guardavano, ma avrei voluto saper ridere come Mary Ann e avere la sua disinvoltura. Così diventammo amiche, lei col suo orribile *cockney*, io col mio inglese balbettante, ma ci capivamo. Cominciammo a uscire insieme, qualche pub, un po' di shopping e quel giorno Portobello.

Quando sbucammo dalla metropolitana di Notting Hill improvvisamente incominciò a piovere acqua gelata. Ci avviammo di corsa verso Portobello Road, ma dopo poco eravamo fradice e ci infilammo nel primo posto caldo che ci venne incontro. Era una pizzeria, ma serviva anche caffè e cappuccini. *Italian coffee*, diceva un pannello dietro il banco del bar, e subito decidemmo per un cappuccino italiano spruzzato di cacao e una pizza. Ai peperoni.

Mary Ann ne fu entusiasta e volle aggiungere al cappuccino un boccale di birra, che la rese più allegra del solito. La ragazza del bar veniva da Salerno, una brunetta dai capelli corti tenuti su col gel e una fila di chiodi ai lobi delle orecchie. Si accorse subito che ero italiana e mi sorrise.

«Sei da molto a Londra?»

«Quattro mesi».

Annuì con un'aria comprensiva e si appoggiò coi gomiti al banco.

«Io da due anni, ancora uno e me ne torno a casa».

«Non ti trovi bene qui?»

Storse il naso: «La città è troppo grande per me. Certo, si potrebbero fare un sacco di cose, ma ci vogliono soldi, tanti, e tempo. Qui nessuno ti regala niente, ricordatelo».

Ormai era lanciata e, dopo avere dato un'occhiata sul retro da dove arrivavano rumori e voci, riprese a chiacchierare. Si chiamava Lucia, aveva fatto la scuola alberghiera ed era lì per imparare bene l'inglese.

«Senza questo non vai da nessuna parte e io voglio imbarcarmi sulle navi da crociera, girare il mondo e poi...» Alzò le spalle. «Poi vedrò, ho solo venticinque anni».

«Sembri più giovane».

«Me lo dicono in tanti. E tu da dove vieni? Cosa ci fai a Londra?»

«Teatro» dissi, sentendomi arrossire.

«Allora sei un'attrice!» e lanciò un gridolino di ammirazione. «È la prima volta che ne entra una qui, mi faresti un autografo?»

«Sto ancora studiando» balbettai.

Il suo interesse per me sparì di colpo e si rivolse a Mary Ann, che ci guardava sorridendo.

«E lei?»

Respirai di sollievo: «Lei sì, sta preparando un musical».

«Davvero?! Sono la mia passione! E che titolo ha?»

«*Bouganville*» rispose prontamente Mary Ann, che non so come era riuscita a capire la domanda. «*A wonderful show!*» aggiunse spalancando le braccia. Dopo la prima birra ne aveva buttata giù un'altra ed era in uno stato di euforia difficilmente controllabile.

«Vuoi vedere?»

Prima di una qualsiasi risposta si alzò e incominciò a sgambettare e sculettare, cantando un brano del musical.

I quattro ragazzi che sedevano a un tavolino più avanti si girarono a guardarla e alla fine espressero la loro approvazione con una serie di fischi. Per Mary Ann fu una scossa elettrica: fece una specie d'inchino e si accinse a concedere un bis, dopo avere chiesto un'altra birra. A quel punto decisi di andarmene, mi alzai e mi diressi alla cassa, dove c'era una bionda che si limava le unghie e non aveva fretta. Le allungai venti sterline e, mentre aspettavo il resto, buttai un'occhiata dietro di lei.

La foto era alla sua sinistra, accanto a una réclame della Coca-Cola squillante di rosso. Piuttosto grande, di un grigio-topo sbiadito dagli anni, aveva una cornice patriottica, di quelle che si vedono nei negozi per turisti in Oxford Street insieme ai cappelli e alle Union Jack. Fu la cornice a colpirmi e mi avvicinai: *Bedford Team 1972*. Un gruppo di ragazzi in posa su un campo di calcio e sotto le firme. Quella di Nunzio Lo Cascio era in basso, al centro: *Lo Cascio Nunzio*. Una grafia rotonda e ordinata, quasi infantile, che assomigliava moltissimo alla mia. *Lo Cascio Annina*, scrivevo sulle copertine dei quaderni a otto anni, l'età del funerale dello zio e delle visite settimanali al cimitero. Fu un incontro inatteso, che mi lasciò senza fiato. Quella firma dava corpo improvvisamente a Nunzio, che da fantasma qual era sempre stato diventava quasi una parte di me.

«La foto…»

La indicai alla cassiera, che annuì senza capire e chiamò Lucia.

«Questa foto… Lì sotto c'è il nome di mio zio…»

«Davvero? È del signor Mario, ma lui non c'è. Viene nel pomeriggio».

«Allora torno più tardi, diglielo per favore».

Lei mi guardò stupita, ma alzò le spalle e si diresse verso Mary Ann che aveva finito l'esibizione. La raggiunsi anch'io mentre stava per sedersi al tavolo dei ragazzi e le agguantai un braccio.

«Ce ne dobbiamo andare». Lei mi guardò con due occhioni stupiti. «Il colbacco» le dissi trascinandola via.

Fuori il freddo ci sembrò più intenso dopo il calore del locale e Mary Ann incominciò a tremare. Portava tacchi altissimi, com'era sua abitudine, e aveva le gambe nude che diventarono presto livide.

«*It's too cold*» si lamentava. «Andiamo a casa. Torniamo un'altra volta».

Allora le parlai della fotografia e di zio Nunzio, venuto in Inghilterra per diventare un campione di calcio e tornato in una bara.

«Devo vedere questo Mario, è il primo indizio che ho trovato e l'ho promesso a mia nonna».

Nelle due ore che passammo a cercare il colbacco parlai solo di quello, di mio zio e di mia nonna, del funerale di garofani rossi e bianchi, delle visite al cimitero e dell'altarino che nonna Carmela aveva in camera sul cassettone, dove c'era sempre un lume acceso e zio Nunzio sembrava più santo della Madonna Addolorata e di padre Pio.

Mary Ann annuiva e forse ascoltava o forse no, ma tra un cappello e una stola di pelliccia si lasciava sfuggire un sospiro e un «*What a pity!*» molto convinti. Una specie di ritornello. Era molto amichevole e disponibile allora e io le ero grata di quella sua attenzione distratta, che mi permetteva di parlare in tutta libertà, più nella mia lingua che nella sua, e più a me stessa che a lei. Finalmente trovammo un colbacco di volpe argentata che la fece gridare di entusiasmo, lo comprai e ritornammo in pizzeria.

Il signor Mario ci aspettava e appena entrammo chiese alla cameriera: «È questa la ragazza?»

Lei si girò verso di me e annuì.

«Lucia mi ha detto che ti sei interessata a quella foto».

«C'è mio zio, ho visto la sua firma. Nunzio Lo Cascio».

«Come ti chiami?»

«Annina».

Il nome sembrò illuminarlo, si tolse il grembiule e uscì da dietro il banco sorridendo.

«Annina! Sicuro, parlava spesso di te Nunzio». Ci indicò un tavolino e si sedette con noi. «Cosa prendete? Cosa posso offrirvi?»

Mary Ann si regalò una generosa birra e io un altro cappuccino, e intanto Mario si lanciava nel racconto.

«Un gran bravo ragazzo, Nunzio, e un giocatore di valore! Poteva farsi strada senza quel ginocchio. Quel cornuto d'inglese...» Guardò Mary Ann, che gli sorrise, e continuò: «Ha lavorato qui per tre anni, ci capitò per caso. Era la fine degli anni Settanta, un momento duro. Lui prima lavorava in Dean Street al Quo Vadis. Lo conosci?»

Gli dissi di no.

«Be', era di un italiano, un certo Leoni, ma poi l'ha venduto...»

Mary Ann dava qualche segno d'impazienza e lui passò all'inglese.

«Un bravo ragazzo, un po' chiuso, ma era un calabrese».

«Ca-la-bre-si» sillabò Mary Ann. «*What does it mean?*»

Mario rise.

«Non un napoletano come me. Noi siamo più... espansivi, *open*! Lui era riservato. Ma insomma, un po' dipendeva anche dalla sua condizione...»

Si fermò all'improvviso e mi guardò quasi intimorito.

«Posso vedere la foto?» gli chiesi.

«Ma certo!»

Sembrò sollevato. Si alzò, staccò la foto dalla parete e l'appoggiò al tavolino. «Questo».

Ma io l'avevo già riconosciuto, anche se nella foto era più magro e aveva i capelli cortissimi che lo facevano sembrare calvo.

«Carino!» disse Mary Ann.

«Gli assomigli, ma in bruno» disse Mario. «Gli occhi no... I tuoi sono più belli».

«Mia nonna mi domanda in continuazione di Londra, dov'è vissuto, la gente che ha conosciuto... Poveretta, dopo la sua partenza non l'ha più rivisto. Dice sempre che le aveva promesso di tornare e invece...»

«Una morte assurda, io l'ho letta sul giornale e non ci volevo credere. Negli ultimi tempi abitava non lontano da qui, vicino a Holland Park, con un amico, Harold Burney. Uno importante...»

«Ah sì, adesso ricordo!» trillò Mary Ann. «L'amico di quel fotografo... Ma lui è gay!» concluse spalancando gli occhi. Scialbi, gli occhi di Mary Ann, un po' come il suo cervello.

«E allora? Un gay non può ospitare un amico?» disse Mario, lanciandomi un'occhiata.

«Mio zio era sposato, la moglie l'hanno vista tutti al funerale» precisai e chiesi a Mario l'indirizzo del fotografo.

Mario non rispose, si alzò e tornò dietro il banco dove si mise a cercare in un cassetto. Intanto i tavoli si erano riempiti e Lucia era in difficoltà.

«Ti devo lasciare adesso, c'è gente» mi disse allungandomi un biglietto. «Ho solo questo numero di telefono, se vuoi provare. E questo è il mio, per qualunque bisogno. Povero Nunzio, non se lo meritava proprio!»

L'ingresso della metropolitana non era lontano, ma prima cercai una cabina telefonica.

«Non puoi domani?» disse Mary Ann ridacchiando e stringendo le gambe. «*I need...*»

Feci il numero, rispose una voce di donna.

«Il signor Burney?»

«Non c'è, è fuori Londra. È per lavoro? Se vuole può lasciare un messaggio o un numero di telefono, la richiamerà lui».

«Lavoro? No, cioè sì, non importa...»

Balbettai la risposta in un inglese peggiore del solito e, per paura che non avesse capito niente, le dettai il numero di casa di Peter. Poi chiamai la nonna.

«Come stai?»

«E come vuoi che stia una povera vecchia!» Sembrava di cattivo umore.

«Ho una sorpresa per te».

«Trovasti Nunzio?»

«Nunzio no, una cosa sua...»

Mary Ann batteva contro i vetri della cabina saltellando da un piede all'altro. Quando la nonna riattaccò senza una parola, giurai a me stessa che dello zio Nunzio non mi sarei più occupata.

22.

A fine marzo, subito dopo Bodmin, qualcuno telefonò. Ero sola in casa, anche Claudio era fuori con Peter e gli altri, e stavo guardando la tv.

La guardavo spesso in quei giorni, per non pensare a quello che era successo, oppure uscivo. Mi comprai anche un sacco di stupidaggini in quei giorni, soprattutto saponi profumati e creme per il corpo, e mi lavavo molto. Claudio la notte mi diceva che esageravo col profumo e che preferiva il mio odore, e io alle volte mi alzavo e mi passavo una spugna bagnata addosso, poi ritornavo da lui.

All'inizio mi dovetti concentrare, perché la mente era sempre là, dietro quel masso, e lui mi chiedeva: «Cos'hai? Non sei normale, ti sento fredda».

Concentrarsi, poi abbandonarsi, e lentamente passava.

Squillò il telefono.
«Chi parla?»
Era una voce maschile, profonda. Non mi capitava quasi mai di rispondere e mi sentii in difficoltà.
«Questa è la casa di Peter Colosi...»
«Qualcuno ha lasciato questo numero chiedendo che richiamassi, ma forse si è sbagliato». Adesso sembrava infastidita. «In ogni caso dica al signor Colosi che ha telefonato Harold Burney».
«Signor Burney...»
«Sì...»
«Io l'ho cercata».
«E lei chi è?»
Fui tentata di dire un falso nome o di abbassare il telefono, invece dissi: «Annina».

«Annina chi?»

La voce aveva cambiato tono, si era fatta più acuta.

«Annina Lo Cascio».

Sentii l'affanno del suo respiro e capii che aveva già intuito.

«Nunzio…»

«Mio zio».

«Perché mi ha telefonato?»

Cercai di spiegarmi col mio povero inglese, ma più parlavo più mi aggrovigliavo.

S'innervosì: «Senta, perché non viene qui?»

«Da lei? Non so dove abita…»

«Non importa, le mando un taxi. Mi dia il suo indirizzo».

Fui presa dal panico. Non sono pronta! Domani forse… Non so parlare, non so spiegarmi…

«Allora?» La voce si era ingentilita, sembrava sorridere. «Non le farò niente, sa? Volevo molto bene a Nunzio».

Gli diedi l'indirizzo. Erano le tre e Peter e Claudio non sarebbero tornati prima delle otto. Dopo dieci minuti il taxista suonò e dieci minuti dopo ero da lui.

Mi aprì subito, al primo trillo di campanello, come se mi aspettasse dietro la porta. Harold Burney era un uomo alto e grande, che occupava tutto il vano. Indossava un pullover chiaro senza camicia che fasciava lo stomaco sporgente e le spalle larghe, aveva la barba corta e bianca, i capelli grigi piuttosto trascurati e segni scuri sotto gli occhi. Nell'insieme aveva l'aria di chi si è alzato da poco o ha dormito male.

Mi guardò attentamente attraverso un paio di occhialini rotondi, senza parlare, per un tempo che mi sembrò lunghissimo e finalmente disse: «Allora lei è Annina» e si fece da parte.

Mi trovai in un ampio ingresso luminoso con una scala in fondo e le pareti ricoperte di foto in bianco e nero.

«Venga» mi disse facendo scorrere i pannelli di vetro opaco che chiudevano tutta una parete. «Andiamo nello studio».

Lo studio era pieno di quadri, di tele appoggiate qua e là a terra e di tutta l'attrezzatura di un fotografo e di un pittore. C'erano anche grandi divani bianchi in pelle, un paio di poltrone di un viola acceso, un'amaca di corda grigia che galleggiava nell'aria, un mobile bar appoggiato a una parete e un impianto stereo che occupava una nicchia.

«Qui lavoro e qualche volta dormo» disse indicando l'amaca. «Si sieda, Annina. Vuole bere qualcosa?»

Rifiutai il whisky che lui si versò generosamente, e accettai un bicchiere di vino bianco ghiacciato. Continuava a guardarmi con un mezzo sorriso sulle labbra, la testa un po' inclinata di lato, e non parlava: come se aspettasse qualcosa da me.

Feci uno sforzo enorme e provai a spiegarmi.

«È per mia nonna Carmela. Mi ha chiesto di cercare i posti dove lo zio Nunzio ha abitato e lavorato, e Mario mi ha indicato lei».

Lui annuì con la testa, girò il bicchiere tra le mani e mi guardò diritto negli occhi. I suoi erano grigi e arrossati dietro le lenti e sembravano stanchi.

«Che cosa sa di Nunzio?» mi chiese all'improvviso.

Allora gli raccontai del funerale e della moglie che era arrivata con la bara ed era ripartita dopo tre giorni.

«La moglie?»

«Sì, era una ragazza alta e bionda, me la ricordo bene, alloggiava alla locanda. Mia madre voleva invitarla a casa, ma mio padre glielo proibì».

«E perché?» chiese con un sorrisetto.

Non potevo dirgli di quel «puttana» che aveva sbattuto in faccia a mia madre.

«Non me lo ricordo, è passato tanto tempo».

Allora si tolse gli occhiali e incominciò a sfregarsi gli occhi col dorso della mano, poi si versò dell'altro whisky.

«Nunzio non era sposato, Annina. Era gay, come lo sono io».

La cosa strana fu che non mi fece nessuna impressione,

come se lo sapessi già o come se ci fossi preparata. Invece m'infuriò l'idea di quella moglie finta al funerale di mio zio. Una commedia. Anzi, una farsa: doveva essere stato mio padre insieme agli zii a pensarla.

«Perché ride?»

«Chissà da dove l'hanno presa quella!»

Puttana l'aveva chiamata mio padre, e forse era vero, una puttana pagata per fare finta di piangere. Non fu una risata allegra la mia, era un riso nervoso: pensavo alla disperazione della nonna quel giorno e alle sue visite al cimitero, e non riuscivo a smettere. Alla fine vuotai un mezzo bicchiere di whisky e mi calmai.

«Stavate insieme? Intendo lei e...»

«Nunzio ha abitato qui per circa tre anni, fino al giorno dell'incidente. Sì, siamo stati anche amanti, ma non solo».

Mi raccontò che quella mattina era fuori e quando era rientrato verso le tre del pomeriggio aveva trovato il biglietto di Nunzio sul tavolo, con l'appuntamento al ristorante.

«Ma era già finito tutto. Intorno a mezzogiorno mi aveva telefonato Alison, la governante, che Nunzio era stato portato al St. Charles Hospital, e io ero corso là». Scosse la testa. «Una morte assurda. Investito da un furgone su una strada dove a quell'ora non passa quasi nessuno!» Riempì di nuovo il bicchiere e lo vuotò di colpo. «Beva, beva anche lei! La vita è talmente folle che alle volte ci resta solo questo».

Cercai di rifiutare, ma dovetti cedere alla sua insistenza. Il whisky mi bruciò la gola ma mi riempì di un piacevole calore e mi liberò dalla timidezza.

«Ma lei cosa fa a Londra?»

Gli spiegai la mia passione per il teatro e gli dissi di Claudio e del musical che Peter Colosi stava preparando.

«Sì, ne ho sentito parlare, sembra un giovane promettente. Dunque anche lei vuole fare l'artista!» Approvò con la testa e si alzò dal divano con una certa fatica. «Aspetti, voglio mostrarle qualcosa». Avvicinò un tavolino sul quale era appoggiata una cartella scura e si sedette pesantemente accanto a me. «Non si preoccupi, sono innocuo» e incominciò a sfogliarla.

Era piena di grandi foto in bianco e nero di uomini e donne: barboni dentro sacchi a pelo sui marciapiede e commesse che preparavano le vetrine o servivano i clienti, cortei di persone con cartelli e pugni alzati scortati da poliziotti a cavallo, un paio di vecchi al sole su una panchina con un sacchetto tra le mani, bambini con le governanti ai giardini e altri moccolosi dentro a passeggini rimediati, ragazzi che si bucavano e altri con le divise del college. Facce nuove e facce consumate dalla vita, tutte però che raccontavano qualcosa. Foto dove gli occhi dovevano fermarsi. Come quella di due uomini dell'età di mio padre con un elmetto in testa, seduti a terra tra la gente, che fissavano il vuoto.

«Questa è stata fatta a Cortonwood, nello Yorkshire, quando chiusero la miniera nell'84. Lei sa chi le ha scattate queste foto?»

Alzai le spalle.

«Lei».

«Io?! Non sarei mai riuscito ad accorgermi di questi due. Suo zio Nunzio le ha fatte. Belle, vero? Sarebbe stato un grande fotografo sociale, ne aveva l'occhio. Lo sa che era quasi comunista?»

«Comunista?!»

Pensai all'odio di mio padre per quella parola che in casa non si poteva nemmeno pronunciare.

Harold Burney rise.

«Sì, dico quasi, perché secondo me non era proprio convinto. Ma aveva un amico comunista, cioè l'aveva avuto… Si chiamava Edward Spencer, ma si faceva chiamare Thomas Morris».

«E perché aveva cambiato nome?»

«Era figlio di un lord, ma non voleva esserlo. Un idealista che credeva di poter cambiare il mondo. Fu ammazzato da un ragazzo cui faceva scuola, così, senza una ragione. Per Nunzio una perdita grandissima».

Mi riempì di nuovo il bicchiere e lo vuotai. Mi dava un senso di conforto, come la sua vicinanza silenziosa. All'improvviso incominciai a piangere.

«Io… Lo zio Nunzio così non l'ho mai conosciuto… Era un altro quello che mi raccontava la nonna, un altro».

«Si cambia, Annina, si cambia. Era un ragazzo quando arrivò a Londra e un uomo quando se n'è andato. Un peccato, un vero peccato». Mi alzò il viso con una mano e con l'altra mi asciugò le lacrime delicatamente. «Sei bella e assomigli a lui. Sai come lo chiamavo? Il mio Antinoo. Aveva il suo viso, ma purtroppo io non sono Adriano né sono imperatore!» concluse sorridendo. «E lui mi chiamava Funny, era il mio nome d'arte allora. Funny Jack. Mi piacerebbe che tu mi chiamassi così».

«D'accordo, Funny».

Feci per alzarmi, ma lui mi trattenne ancora per un braccio.

«Sono contento di averti conosciuta, Nunzio parlava spesso di quella nipotina che non aveva mai visto. Quando progettammo il viaggio di lavoro in Calabria, doveva incontrarsi a Gioia Tauro con tua nonna e le chiese di portarti con sé, perché voleva conoscerti. Dovevamo partire a fine ottobre ed era così eccitato! Era un viaggio particolarmente importante per lui: voleva fotografare l'Aspromonte, i paesi, la gente. Diceva che adesso aveva gli occhi giusti, che ci volevano gli occhi di uno straniero in patria per vedere».

«Ma perché non volle venire in paese?»

«Perché…» Scosse la testa e guardò l'orologio. «Non è una bella storia e richiede tempo. Un'altra volta. Qui puoi venire quando vuoi, questa casa era anche sua, non dimenticartene».

Ci alzammo insieme e nell'ingresso chiamò un taxi. Mi sentivo malferma sulle gambe e avevo la testa annebbiata.

«Ho bevuto troppo» dissi, e Funny mi sorrise per il

gomito fin sulla strada. Aprì lo sportello del taxi, diede l'indirizzo e mi salutò con un gesto della mano.

«Allora, Annina...» Non continuò e rimase lì sul marciapiede a guardarmi.

Arrivai a casa che erano le sette passate, ma non trovai nessuno. Ero stanchissima, mi sentivo reduce da un funerale: lo zio Nunzio, quello del pallone e del cimitero del paese, non c'era più, rimaneva solo nella testa della nonna. E l'altro era un fantasma, nascosto dietro le facce che aveva fotografato. Funny non mi aveva mostrato nemmeno una sua foto e io non gliel'avevo chiesto. Forse per paura, chissà.

Mi buttai sul letto pensando di riposare un poco e mi addormentai di colpo.

Mi svegliai nel pieno della notte con una coperta addosso e Claudio che mi dormiva accanto. Andai in bagno, mi spogliai e m'infilai sotto le coperte.

«Stai male?»

«No».

«Quando ti ho vista sul letto mi sono spaventato, sembravi senza conoscenza. Ma poi ti ho sentito russare». Ridacchiò e mi attirò a sé.

«Ho sonno».

«D'accordo, domattina allora».

Al mattino mi svegliò la sua mano che mi frugava tra le cosce. Per la prima volta provai un senso di ripulsa.

«Ieri sono andata a trovare Harold Burney.

«E chi è?» mi chiese senza smettere.

«Era il compagno di mio zio Nunzio, qui a Londra».

«Allora era frocio anche lui! Londra ne è piena, peggio di Milano. Mi sa che anche Peter è uno di "quelli"».

Rise, mi allargò le gambe e mi salì sopra.

Peter!

Non riuscii a fingere.

«Non mi va, smettila!»

E mi alzai.

23.

Nei due mesi prima dello spettacolo mi ritrovai in un vortice: prove incessanti, discussioni, crisi ora di Peter ora del fotografo, poi arrivarono gli elettricisti, la costumista, un nuovo tecnico del suono... La casa ormai sembrava un accampamento e non avevo respiro. Io facevo di tutto e la sera ero distrutta, eppure mi sentivo viva, eccitata, piena di energia. Non ci fosse stato Peter coi suoi agguati improvvisi a ricordarmi il prezzo da pagare, sarei stata felice.

Mia madre mi chiamò in una di queste giornate e dovetti salire al piano superiore per comprendere quello che mi stava dicendo.

«Non ho capito niente, puoi ripetere? Stanno provando lo spettacolo, mancano solo due mesi e sono tutti sotto pressione».

«E reciti anche tu?»

La domanda m'irritò, mi sembrò una interferenza dopo tanti mesi di silenzio.

«Non ancora, per il momento imparo. Perché mi hai chiamata?»

«Volevo dirti di tuo padre. Lo hanno arrestato e portato a Reggio».

La voce le tremava, sembrava quasi spaventata.

«E perché, che ha fatto? Ha sequestrato forse qualcuno?»

Era una battuta, uno strascico di rancore per quei giorni di prigionia che tornavano ancora nei miei sogni, ma lei si allarmò.

«Come hai fatto a saperlo? Sì, è per un sequestro in Aspromonte che l'hanno arrestato e l'accusa è di associazione mafiosa. Dicono che è un capo della 'ndrina».

«E tu?»

«Io cosa?»

Eccola!

Mi stava montando dentro un senso di ripulsa verso il mondo che riaffiorava attraverso il telefono e dalla sua voce. Che mio padre fosse della 'ndrina l'avevo capito da tempo, ma finché stavo al paese non me n'ero curata. Non ti accorgi dell'aria che respiri, la respiri e basta. E se poi ne respiri una migliore pensi solo a riempirti i polmoni. Così credi di dimenticare. Ma l'aria impasta le parole, gli dà forma e peso, anche sapore, e le parole di casa tua diventano altre in aria straniera. Se al paese navigavano sicure, lì con le voci di Peter e degli altri che salivano dal basso mi fecero l'effetto della schiuma che esce dalle fogne intasate. Che non la fermi più e scorre finché qualcuno non si decide a scoperchiarle.

Mio padre, la sua violenza, il sequestro, la recita di Pasqua, il pulmino di Sandro andato a fuoco e l'abito rosso dei diciotto anni che anche lei mi aveva cucito addosso: di nuovo la schiuma e il suo fetore. Ma adesso lo sentivo.

«Tu cosa dici? Lo conosci, te lo sei sposato, vent'anni ci hai vissuto insieme; e adesso cos'hai da dire? Me patri è mafiusu o no?»

«Perché ti arrabbi così, e perché mi domandi? Anche tu lo conosci, lo hai veduto… Hanno messo i sigilli alla pescheria e alla casa, siamo prigioniere anche noi…»

Dal basso mi arrivò la voce di Claudio.

«Annina, cosa fai lassù? Scendi che c'è bisogno!»

«Devo andare, la nonna come sta?»

«Non sta bene, ha avuto una crisi, l'hanno portata all'ospedale».

«Senti, adesso non ho tempo, ti chiamo tra qualche giorno. Ma non ti fare illusioni, io non torno».

«Sì… ma volevo anche dirti…»

«Mamma, devo andare, la prossima volta».

Riattaccai, senza accorgermi che non le avevo nemmeno chiesto come stava.

"La prossima volta" fu a distanza di un mese, eravamo a ridosso del festival e la nostra conversazione fu brevissima. Mi disse che aveva visto mio padre al carcere, che gli avvocati stavano lavorando, del processo no, non si sapeva ancora niente, e che lei stava pensando di trasferirsi ad Acireale, dove abitava la zia Linuccia che la richiedeva da tempo.

«E la nonna?»

Era tornata dall'ospedale da un paio di settimane e stava benino, ma non con la testa.

«Non mi vuole, dice che è colpa mia, che sono una spiona... Mi ha messo contro tutto il paese».

Non completò il discorso e pensai che stesse piangendo. Mi fece pena, sapevo quanto la nonna poteva essere dura, specie con lei; eppure non mi sentivo di abbracciarla. Abbracciarla con la voce, voglio dire. Qualcosa mi tratteneva, forse perché l'avevo sempre vista con gli occhi della nonna e di mio padre: la santa Rosalia, la donna di mare, non di terre e di ulivi, quella di un capriccio. 'A straniera.

«Non farci caso, è vecchia e ha le sue idee. E te non ti ha mai potuto sopportare».

Perché dirle queste cose? Qual era la sua colpa, se non quella di essere la più debole?

Ci lasciammo così e io per giorni mi portai addosso la scontentezza e il pensiero di richiamarla, finché Peter non decise per la scenografia di Giuseppina e mi dimenticai di lei.

Fu in agosto, poco prima dello spettacolo.

Mary Ann non capì subito, tutta presa dalle prove e dalla sua interpretazione. Aveva una bella voce e sgambettava bene ed era anche spiritosa in certi momenti, ma si prendeva troppo sul serio.

Glielo diceva anche Peter qualche volta, anzi lo urlava: «Non sei una regina, sei una mezza puttana!»

Perché quello era il suo ruolo, di una lavandaia che s'arrangiava in altra maniera e finiva alle Malouines col suo uomo. Di essere un po' puttana comunque non le dispiaceva e lo dimostrava anche con Claudio, ma certo voleva essere lei la regina dello spettacolo. E non aveva torto.

Quel giorno stava ridendo con Peter, quando entrai nello studio dopo che la costumista mi aveva preparata. Aveva una risata particolare Mary Ann, che produceva una specie di solletico. Si bloccò e mi guardò a bocca aperta.

«E quella chi è?» chiese a Peter accennando a me.

«Giuseppina Beauharnais, non vedi?» Accorgendosi che lei si rabbuiava, assunse il tono paziente del maestro con l'allieva: «Ne abbiamo già parlato, è il quadro di chiusura: lei che fa il can-can su un tappeto di fiori viola. *Don't you remember, darling?*»

«E io?»

«Tu cosa?»

«Non dovevamo chiudere noi con la scena della nave? Abbiamo provato e riprovato».

«Cambiato, non ti ricordi? Il regista sono io e voglio una Giuseppina Beauharnais proiettata sul fondo: grande, immensa, che invade la scena finale. Annina, con un fiore di bouganville tra i capelli. Lo spettacolo s'intitola *Bouganville*? E noi apriamo con l'arrivo dell'ammiraglio e dei francesi alle Falkland e chiudiamo col fiore che prese il suo nome e che lui dedicò a Giuseppina».

Peter alzò le spalle e si avvicinò a me, mi prese la mano e fece un piccolo inchino.

«Perfetta, meravigliosa!»

Forse fu questo a scatenarla. Mary Ann si buttò in avanti e pensai che mi volesse saltare addosso, invece all'improvviso si bloccò.

«Puttana! È così che ti ripaga per il servizio che gli fai, vero?»

Mi sentii spellata viva.

«Cosa vuoi dire? Cosa significa?» chiese Claudio con aria minacciosa.

«Niente, è stata una sciocchezza...»

Adesso era lei spaventata.

«Una sciocchezza, appunto» intervenne Peter, la maschera severa del maestro. «Una pura cattiveria. Mary Ann da te non me lo sarei mai aspettato, mi hai deluso».

Lo osservai: non un muscolo della faccia lo tradiva mentre Mary Ann era distrutta dalle lacrime.

Finì che lei mi chiese scusa.

Più tardi, però, quando ci ritrovammo sole, sibilò a voce bassa: «Non ti vantare tanto, l'ha fatto con tutte. Anche con me».

24.

Claudio non fece parola di quello che era successo. Contento delle scuse di Mary Ann e delle lacrime, pensai, e mi sentii sollevata ma insieme delusa da quella pronta fiducia. Che in amore significa «cornutu» o «chi cazzu mi ndi futti», diceva nonna Carmela quando credeva che non la sentissi.

Cornuto Claudio non lo era, semplicemente ero io a pagare il biglietto d'ingresso allo spettacolo, per lui e per me. Un prezzo caro, ma per fortuna di breve durata. Mi ero quasi abituata ai passi affrettati e guardinghi di Peter, lo immaginavo in punta di piedi o con gli zoccoletti da fauno, allo scorrere veloce della cerniera e al confuso rimestare col fiato che accelerava, la sua mano che s'infilava sotto la gonna o tirava giù i jeans con impazienza strappando le mutandine, tante, e poi il contatto duro tra le chiappe. «Piegati!» E i colpi. Uno, due, tre... Potevo contarli, al massimo fino a sette... Durava poco e poi mi ringraziava: «*Thank you filly*» e andava via. Davanti no, non avrei mai accettato.

Al paese la chiamavano «'a mazzetta», «puru l'erba servaggia custa si a cogghji» dicevano, e anche il sudore e i calli sulle mani, i pensieri che fai e i sogni che non puoi nascondere, tutto ha un prezzo e tutto si paga.

«'A mazzetta»: per una come me era stato chiaro fin dall'inizio, e qualcosa ti rimane attaccato anche se parti e vai lontano. Quello era il prezzo per incominciare, e per Claudio l'occasione importante. Perciò aspettavo, contavo i giorni per arrivare a Edimburgo e quando mi toccava pensavo ad altro.

A Edimburgo rimanemmo una settimana e facemmo cinque repliche di *Bouganville*, gli altri due giorni li passammo a litigare. Non io. Peter, Claudio e Mary Ann, le primedonne incomprese.

Tutto ebbe inizio dopo il quarto giorno, quando il critico teatrale dell'*Evening Time* stroncò lo spettacolo, «un'idea brillante affidata a un regista inadeguato», soffermandosi invece su «una splendida Giuseppina Beauharnais, *a very beautiful Italian girl*». Rimasi così sorpresa da questo giudizio che sul momento pensai si riferisse a qualcun altro e guardai Claudio per una conferma, ma lui mi ignorò, come pure gli altri.

Naturalmente ci furono anche critiche positive e ogni mattina Peter si faceva portare un fascio di giornali per officiare il rito della lettura e dei commenti. Ma le tre primedonne s'inchiodarono lì.

Quello che più mi stupì fu Peter: si bloccò su quelle parole persino col respiro, coprendosi di rossore dal collo in su, poi lanciò il giornale in aria.

«Ma cosa scrive questo imbecille!»

Sembrava un bambino a cui avessero distrutto il giocattolo preferito e pensai che fosse sul punto di piangere.

«Non ha capito niente del mio lavoro, è fermo a una concezione tutta realistica del teatro! Incapace di cogliere ogni linguaggio metaforico e allusivo! Solo la bella italiana lo colpisce, vecchio bavoso!»

«Sei tu che l'hai voluta, io ti avevo avvertito!» disse Mary Ann.

«Avvertito di che cosa?» ringhiò Claudio. «Perché non parli chiaro? Sono stanco dei tuoi misteri!»

«Misteri?!» Mary Ann guardò Peter poi me, e fece per continuare. Le parole sembravano traboccare dagli occhi lucidi di rabbia trattenuta, e io tremai. Ma di nuovo le mancò il coraggio.

Subito cambiò argomento e registro, passando alla diva svagata e incompresa.

«E poi, nemmeno una parola per gli interpreti! Quando quello del *Daily Record* ha parlato di "una voce dal timbro..." Come ha detto? Ah, sì, "emozionante"! E di una "presenza scenica rimarchevole". E la "forte fisicità di Claudio"? Anche questo l'hanno detto in tanti».

Claudio annuiva.

«E tu cosa ne pensi?» gli chiese Peter. «Non è una porcheria quello che è scritto qui?»

«Penso che certa gente dovrebbe cambiare mestiere».

«D'accordo, però questo è il primo giornale di Scozia!» Peter raccolse i fogli sparsi a terra, trovò quello incriminato e lesse di nuovo. Gli sfuggì una specie di guaito. «Scriverò al giornale, subito, mi deve delle scuse. Questa non è una critica, è un giudizio sommario, una lapidazione!»

A questo punto mi alzai e uscii, ma nessuno mostrò di accorgersene. M'incamminai a caso, combattuta tra la rabbia e un vago senso d'allarme che mi si era attaccato alla schiena alle parole di Mary Ann, e lì era rimasto. Mi sentivo trasparente come nei primi mesi, quando Peter non si rivolgeva mai a me direttamente, ma sempre con «vorresti dirle per favore?», e nello stesso tempo in pericolo. Mary Ann era una mina alla deriva che prima o poi sarebbe esplosa, magari in quello stesso momento e questo pensiero mi rendeva quasi impossibile il rientro. Immaginavo l'ira di Claudio, non fredda e lucida come quella di mio padre, ma scatenata: la stanza semidistrutta e Peter a terra sanguinante.

Vagai alcune ore per Edimburgo senza una meta. Non era ancora il momento degli spettacoli, solo gli artisti di strada incominciavano a prepararsi e mimi, giocolieri e maschere animavano la città insieme ai turisti più mattutini.

Edimburgo mi aveva subito entusiasmata, perché più che una città sembrava un immenso teatro all'aperto. «*The theater's octopus*» la chiamava Peter, la piovra teatrale. Avrei voluto vedere tutto, stare nelle strade, riempirmi di idee e di spunti creativi, ma lo spettacolo mi aveva rubato il tempo. E quella mattina la mia testa era altrove, chiusa nella stanza d'albergo, appesa alla bocca rosso fragola di Mary

Ann come a un oracolo definitivo. Perché più il tempo passava più la paura della sentenza s'ingigantiva, e insieme alla paura la vergogna per quello che lì veniva detto, e per il modo.

Ma mi sbagliavo: quando tornai in albergo li trovai seduti a un tavolo del pub a raccogliere quel po' di sole che s'era affacciato, serenamente distesi. Era successo che Peter aveva scritto una lunga lettera al critico del giornale e si sentiva in pace con se stesso. Adesso si trattava di aspettare la risposta.

Dunque Mary Ann non mi aveva tradito e non mi tradì, fu Claudio a farlo due mesi dopo. Sapeva, ma s'era tenuto dentro tutto e, quando venne fuori, compresi finalmente che lui era un «chi cazzu mi ndi futti», e forse lo era sempre stato.

Quello che non fu mai, anche se me lo spalmò in faccia a schiaffi e urla, fu un «cornutu». Quello mai. Per merito mio o per mia colpa.

25.

Il giorno dopo, sulla pagina degli spettacoli dell'*Evening*, il critico famoso rispose con un trafiletto di qualche riga, che Peter giudicò insufficiente. Cent'anni addietro avrebbero risolto il problema con un bel duello, così andarono avanti un mese per iscritto senza che nessuno all'esterno sapesse niente, ma con grande soddisfazione di Peter. Finché il critico per nostra fortuna si stancò e smise di rispondere.

Quando tornammo a Londra, proposi a Claudio di sistemarci da qualche altra parte.

«Perché mai? Qui non spendiamo niente e lui è depresso. Mollarlo adesso sarebbe una carognata».

Depresso un po' lo era, ma soprattutto incazzato nero. Passava buona parte del tempo chiuso in camera attaccato al telefono, oppure usciva per l'intera giornata. Con noi diceva lo stretto necessario e scattava come una molla per un nonnulla. Non c'era stato solo il critico a versare sale sulle sue ferite, ma anche lo spettacolo, non riusciva a decollare.

Dovettero aspettare fino a Natale prima di ricevere una richiesta da un teatro di Glasgow e nel frattempo Peter si era come inabissato. Spesso sembravamo noi i proprietari della casa e lui un ospite di passaggio.

Io mi sentivo sempre più a disagio. Alle volte mi pareva di udire la nonna quando diceva di qualcuno: «Quello gli rosicchia la roba peggio di un topo»; e cercavo di ridurre la mia presenza al minimo, di non fare rumore, mi scoprivo perfino a misurare l'aria che respiravo.

Claudio invece in quella situazione ci sguazzava: faceva i suoi esercizi, leggeva, mangiava, toccava e prendeva, si allargava e si stendeva da ogni parte. La sua tranquilla indifferenza verso la roba altrui mi dava continua inquietudine e mi aspettavo di vedere sbucare Peter da ogni parte, magari armato, come sarebbe successo giù da noi. Perché «a robba non si tocca, figghjia mia, e cu a tocca faci peccatu mortali e peccatu mortali voli diri ca esti mortu puru si campa».

Mi ero ridotta a guardare la tv quasi tutto il giorno e, quando Peter non era in casa, a fare l'amore con Claudio. Era diventato per lui un riflesso condizionato: come spinto dalla fame, a una certa ora mi chiamava con un fischio modulato e leggero e continuava finché non mi vedeva arrivare. Non era desiderio e forse nemmeno piacere, era qualcosa che non capivo, ma in quei giorni vuoti mi sembrava meglio di niente. E così talvolta lo assecondavo, altre facevo finta di non sentire.

Ma una volta persi la pazienza.

«Piantala di chiamarmi come se fossi un cane!»

«E cosa sei?» mi rispose ridendo.

Avrei dovuto reagire, ma ebbi paura della sua risposta e me ne andai senza una parola: mi chiusi in cucina, vuotai il frigorifero e buttai tutto nella spazzatura. Non avrei più fatto la serva a nessuno. Claudio mi vide e non disse niente, ma nel pomeriggio uscì e tirai un sospiro di sollievo.

Ormai ero abituata alla solitudine, ma quel giorno mi sentivo oppressa dal grigiore del cielo e dal silenzio della casa e telefonai alla nonna. Mi rispose una donna sconosciuta, una certa Virginia, dicendomi che era lì per incarico degli zii.

«Perché, la nonna sta male?»

«Non con il corpo, è la testa che non c'è più. Non vuole stare in casa, dice sempre che vuole andare a Londra a trovare suo figlio Nunzio». Fece una risata chioccia. «Che ci vuoi fare, questo ci tocca se campiamo! E tu dove ti trovi?»

«A Londra…»

«Londra? Ah, lei me lo disse una volta: "È andata da mio figlio", ma non ci volli credere. La testa, capisci…»

Riattaccai e provai con mia madre, feci suonare il telefono a lungo ma non ebbi risposta. Allora per la prima volta la solitudine spalancò un vuoto dentro di me, un buco nero che mi lasciò sgomenta: non potevo contare su nessuno. Pensai a Funny e alla sua offerta, ma subito riattaccai. Ne avevo abbastanza degli uomini, preferii uscire.

Mi fece bene. Islington è un quartiere fatto per distrarsi, la Upper Street è piena di piccoli negozi, c'è anche una galleria di antiquariato dove vendono abiti e gioielli, e poi pub e caffè. In uno di questi scorsi Claudio a un tavolo con Mary Ann: erano vicinissimi, lei gli teneva una mano sulla coscia e la muoveva lentamente, ridendo. Parevano divertirsi.

Non avvertii in me nessuna reazione, mi ricordai soltanto che volevo comprare *Loot* per gli annunci economici e cercai un'edicola. Lo trovai e m'infilai nel primo pub: era il King's Head, il pub del teatro. Non ci ero mai entrata, ma ne avevo sentito parlare spesso da Peter. Mi sedetti, ordinai una birra, e vidi sulle locandine che in teatro stava per incominciare un musical: *The Fantasticks* con Joseph Millson.

Quando più tardi uscii avevo deciso che avrei frequentato un corso di teatro.

Non ne parlai subito a Claudio e nemmeno a Peter, dissi invece del musical che avevo visto al King's Head Theatre.

«Ah, sì, all'inizio ho fatto un paio di spettacoli al King's» disse Peter con aria distratta. «Ma non sempre sono all'altezza».

«A me questo è piaciuto e Joseph Millson è molto...»

«"Figo", vero?» intervenne Claudio. «Lo dicono tutte le donne. Ma come mai sei uscita?»

Mi sembrò di sentire una certa apprensione nella sua voce e la cosa mi divertì. Alzai le spalle.

Quella sera a letto gli parlai del corso e gli proposi di nuovo di lasciare la casa di Peter.

«Per me puoi fare tutti i corsi che vuoi, ma di qua io non me ne vado, te l'ho già detto. Peter è in trattativa con un paio di teatri e io dovrei lasciarlo? E poi non capisco tutta questa fretta, qui hai pure un mezzo lavoro, Peter ti paga, ma sembra quasi che tu ce l'abbia con lui».

«Faccio la donna di servizio».

«Ma non dire cazzate! Cucini e tieni un po' in ordine... E poi? Hai tutta la casa a disposizione, i conti li paga lui, ti ha svelato qualche trucco del mestiere, ha cambiato sceneggiatura e scenografia per fare entrare te, la bella italiana... Ma lo sai da quanti anni lavora Mary Ann? E io? Cosa credi, che basti un corso di teatro in una scuola fasulla per diventare attori?»

Si alzò, accese una sigaretta e incominciò a camminare avanti e indietro per la stanza. Lo guardavo in silenzio.

«Non hai niente da dire?»

Non risposi.

«Va bene, d'accordo, allora possiamo anche dormire». Schiacciò la sigaretta nel portacenere e s'infilò nel letto.

Quella notte mi cercò, io ero sveglia, prona. Lui mi venne addosso, già pronto.

«Sta' ferma!» Non riusciva a entrare e si accaniva, mi faceva male. «Sta' ferma» ansimava. «Con lui lo fai, perché con me no? Perché non sono un regista?»

Non so cosa gli prese e perché lo fece. Se voleva chiudere con la nostra storia c'erano tanti modi e Peter rispetto a lui era stato un gentiluomo. Quando ebbe finito mi chiese scusa e si girò dall'altra parte.

Da quella notte dormii sul divano del laboratorio e due settimane dopo feci le valigie e me ne andai.

26.

Era l'inizio di novembre, una giornata di pioggia fine e senza tregua. Chiamai un taxi, caricai le valigie e diedi l'indirizzo. Senza guardarmi indietro, senza dire niente a nessuno.

Avevo trovato su Loot una sistemazione a Queens Park, settantacinque sterline al mese per una stanzetta in cui entrava solo il letto e un attaccapanni. Il bagno fuori, da dividere con altri tre inquilini. Ma John e Vivien Symons, i proprietari, erano gentili, la cucina a disposizione di tutti e volendo si poteva anche fare qualche conoscenza. Però io non mi fidavo di nessuno e guardavo uomini e donne come un'ostrica dentro la conchiglia: fu un periodo molto duro.

Dieci giorni dopo la partenza telefonai a Peter per dargli mie notizie. Mi sentivo in colpa per essermene andata senza un biglietto, pensavo a una preoccupazione generale, ero arrivata perfino a immaginare, con un certo timore, una denuncia alla Polizia. Invece li trovai molto tranquilli.

Avevano ripreso le prove, mi spiegò Mary Ann, un gran da fare, Peter di nuovo pieno di entusiasmo, cambiata la sceneggiatura nel finale: una meraviglia!

«E tu dove sei, hai trovato una sistemazione? Queens Park? Sì, la zona non è male, ma non è Islington, non ha la sua vita… E cosa fai? Da McDonald's…?!» La voce restò sospesa a mezz'aria, senza sapere più dove posarsi. «Immagino la cameriera, vero?»

«Sì, la cameriera».

«E quanto prendi? Centottanta sterline! Ma come fai a tirare avanti?» Pausa. Era un'attrice consumata, non tanto sul palcoscenico quanto nella vita. Specializzata in perfidie. «Ah, senti… forse non te lo dovrei dire… Comunque prima o poi lo avresti saputo…»

Parlava in fretta, a voce bassa, non riuscivo a capire.

«Che cosa hai detto?»

«Quella ragazza, Concetta, è arrivata ieri. L'ha chiamata lui».

Vidi con chiarezza la bocca rosso fragola di Mary Ann stirarsi verso l'alto e la mano andare verso la bocca: aveva il vezzo di coprire la risata, faceva più fine, e poi aveva un incisivo storto. Il riso silenzioso di Mary Ann! Poteva durare interi minuti.

Riattaccai.

Dunque la pecora Concetta era tornata. Perché non sempre il lupo se la mangia: sull'Aspromonte sì, non ha misericordia, ma a Londra è un'altra cosa.

Fu davvero dura, mi sentivo una che lottava contro il mondo. Avevo trovato quell'impiego da McDonald's: otto ore di lavoro e un'ora e mezzo per il viaggio. Quarantacinque sterline mi costava l'autobus, la metropolitana era troppo cara, poi la cena. Un panino lo rimediavo sul posto insieme a un caffè lungo da schifo, ma mi potevo permettere poco altro, un plumcake al mattino o dei biscotti rosicchiati in viaggio. A noi del primo turno toccava pulire a terra e sistemare i tavoli, cuocere nel forno i plumcake surgelati e ordinare sui vassoi i tramezzini e i sandwich. Il tempo di una corsa in bagno e alle nove si incominciava. Uscivo alle quattro, alle volte con la cuffietta ancora sui capelli, e sempre con quell'odore attaccato alla pelle che sapeva di unto e dolciastro insieme, la testa piena di voci e di rumori e la stanchezza tutta lì, nei piedi e nelle gambe. Il McDonald's di Oxford Street non era la pizzeria di Mario, non c'era tregua.

Allora mi trascinavo alla fermata dell'autobus, sperando di trovare un posto e sedermi: il viaggio era il mio ristoro, mai lavorato tanto.

Eppure avevo deciso che non mi sarei arresa e, quando sentivo che le ginocchia si piegavano, pensavo a Mary Ann e alla sua risatina, o a Concetta e a Claudio, e mi ricaricavo.

In quel primo periodo non telefonai a mia madre. Temevo la domanda: «Come stai figlia mia?», perché sempre quel «mia» metteva, che prima mi sembrava una "santarosalia" insopportabile e adesso sapevo che mi avrebbe fatto piangere. No, volevo chiamarla con la voce forte e sicura di chi ha vinto: «Mamma sto bene. Sì, lavoro e faccio anche teatro. Sono contenta», «Ti serve niente?», «Niente, ho tutto quello che mi serve».

E questa volta le avrei chiesto anche come stava, lei, non mio padre. Di lui non volevo sapere.

Ma quando mi iscrissi al corso serale di teatro la dovetti chiamare, perché scoprii troppo tardi che il costo era di duecento sterline, più di quanto prendevo da McDonald's. E io avevo già compilato la scheda d'iscrizione e l'avevo presentata all'«Introductory drama course» di Mrs Gipson, dieci lezioni, due volte la settimana: respirazione, voce, movimento e improvvisazione. Così dovetti chiedere a Mrs Symons se poteva pazientare una settimana per il pagamento e telefonai a mia madre.

Fu nel primo pomeriggio da una cabina vicino a Oxford Circus, ma non mi rispose nessuno. A quell'ora forse stava riposando, ragionai.

Riprovai all'uscita dal lavoro, quando la piazza e i dintorni brulicavano di gente e dovevo tenere una mano sull'orecchio per sentire. Ti prego, rispondi. Avevo calcolato che il vaglia avrebbe impiegato giorni ad arrivare, forse settimane... E la signora Symons era lì ogni sera e ogni mattina davanti al televisore acceso. Come se aspettasse me. Chiamai ancora un paio di volte e finalmente mi ricordai che nell'ultima telefonata mi aveva parlato di Acireale e di zia Linuccia. Cercai nella borsa la piccola agenda con gli indirizzi e i numeri di telefono e qualcuno dall'altro capo mi rispose.

«Sono Annina».

«Annina?! E dove sei?»

La voce di zia Linuccia era rancorosa perfino nel respiro.

«A Londra, sono a Londra. Mia madre è lì?»

Sentii qualcosa, ma credetti di non avere capito: fuori un gruppo di ragazzi aspettava davanti alla cabina, bevendo Coca-Cola.

«Che cosa hai detto? Ho bisogno urgente di parlare con lei e qui c'è confusione. Non l'ho trovata a casa e ho pensato che magari era da te, me l'aveva detto l'ultima volta che ci siamo parlate»

«Quando?»

«In agosto».

«E nessuno ti ha informata dopo?»

Capire avevo già capito, ma non volevo. Perché come si può dire a qualcuno: «Tua madre è morta da due mesi, perché non ti sei fatta viva?», mentre sei in una cabina telefonica su Oxford Street?

Feci quello che avevo sempre fatto quando non volevo sentire: chiusi orecchie e occhi e riattaccai. Poi presi l'autobus e scesi due fermate prima della mia per la nausea che mi montava dentro. Appena in tempo, e vomitai l'anima sul marciapiede, tra gli sguardi schifati dei passanti.

Nessuno che chiedesse: «Che cos'hai, ti senti male? Hai saputo forse di tua madre, la santa Rosalia di Acireale, ch'era felice solo al banco del pesce? Quando sollevava il polipo che ancora guizzava e lo guardava negli occhi, ti ricordi come rideva? E la voce? Ti ricordi la sua voce quando cantava il pesce? Cantava, sì, cantava... Non era la sua voce quella, non era "figlia mia", era la voce del suo paese sul mare e dei tuffi dagli scogli a raccogliere i ricci a mani nude e delle lampare che si accendevano la notte e dondolavano sull'acqua, come raccontava per farti dormire. E adesso?»

Mi sedetti su un muretto, mi diedi una pulita e restai lì un'ora, finché non venne il buio. Poi mi alzai e m'incamminai verso casa.

«*Is everything well?*» mi chiese Mrs Symons quando mi vide, in punta di piedi, come fanno gli inglesi.

Non le risposi, mi trascinai in camera, mi buttai sul letto e mi addormentai di colpo.

Mi svegliai in piena notte piangendo. Non volevo credere che fosse morta e mi sforzavo di pensare che non era cambiato niente, che tutto era come prima. Piangevo come una bambina, aggrappata al cuscino, e intanto mi dicevo che non era vero, che, se in quell'anno le avevo parlato solo un paio di volte e avevo pensato a lei ancora meno, era perché sapevo che era viva. Anche se non la chiamavo, anche se mi dimenticavo.

Perché le madri non muoiono, sono come le montagne, anche le sante Rosalie.

Muore l'Aspromonte? No, moriamo noi. E quella notte io volevo morire.

La mattina mi alzai e andai al lavoro. Dipendeva da me, mi ero detta: se niente era accaduto, tutto doveva andare come sempre, anche il lavoro. Non ero forse andata nei giorni precedenti? E allora dovevo fare lo stesso, perché se cambiavo le abitudini... e non era una malattia... Ero per caso malata? Per quale altra ragione sarei rimasta a casa? Se avessi trovato un lavoro diverso... Se avessi vinto a una lotteria... Se fosse capitato che mia madre... Ma non era accaduto, niente era accaduto se andavo al lavoro...

Ero in preda alla follia.

Quando Mrs Symons mi vide, chiese di nuovo se era tutto a posto, spostando appena gli occhi dalla sua adorata informazione del mattino, e io accennai di sì con la testa.

Fuori pioveva a dirotto, ma io infilai gli occhiali scuri e li portai per l'intera giornata. Congiuntivite, non sopportavo la luce.

Alle tre del pomeriggio, appena ci fu un po' di respiro sul lavoro, chiesi di uscire. La pioggia aveva ripulito Oxford Street dalla folla, e m'infilai nella cabina.

«Pronto? ... Ah, sei tu, Annina!»

La voce si era ammorbidita.

«Com'è morta?»

Ci fu silenzio, poi un sospiro. «Ma perché non torni a casa? Tua madre…»

«Com'è morta?»

«Al passo di Croce Ferrata, un incidente d'auto dissero… Nessuno vide niente, andarono gli zii tuoi… Finì in un burrone dopo una curva…»

«E cosa ci faceva lì mia madre?»

«La mandò tuo padre dall'avvocato, a Rosarno. Ma tu, perché non torni a casa figlia mia…»

«Non chiamarmi così, non sono più figlia di nessuno, io!»

E così, gridando e piangendo dentro quella cabina vicino a Oxford Circus, seppellii mia madre. Poi me ne tornai a casa.

Come si può tornare a casa dopo il funerale di una madre, tra gente che non parla la tua lingua e ti chiede per la terza volta: «*Is everything well?*»

27.

Funny mi venne a prendere in taxi, raccolse la mia roba nella stanza, riempì le due valigie, pagò Mrs Symons, ringraziò, salutò e mi portò a casa. La casa sua e di Nunzio, così disse.

Ero ammalata di dolore e di sensi di colpa, e Funny mi curò. A modo suo, ma mi curò. Non mi chiedeva niente, non mi parlava mai di mia madre, semplicemente aspettava. Al mattino mi portava in camera la colazione preparata da lui: cioccolata calda, croissant e spremute. Bussava ed entrava col carrello, avvolto nell'accappatoio ancora umido di doccia, si sedeva sul letto e mi osservava mangiare. Non mi domandava se avevo dormito e come, gli bastava guardarmi in faccia. Poi quando avevo finito se ne andava nello studio. Ma non usciva mai, in quei primi giorni non si mosse. E io mi sentivo accudita da una madre.

Per tenermi occupata guardavo la televisione o sfogliavo riviste, mentre Funny dipingeva e lavorava al computer. All'ora di pranzo chiamava un taxi, a lui non piaceva guidare, e si faceva portare in qualche ristorante, ogni volta diverso e sempre in posti poco affollati.

Un giorno andammo anche al Quo Vadis, in Dean Street, e fu lì che mi raccontò il suo incontro con Nunzio e la storia di Thomas.

«Credo che sia stato quello che ha lasciato in lui il segno più profondo» disse alla fine «anche per il modo in cui è morto. E purtroppo non era il primo».

«Che cosa significa "non era il primo"?»

Mi guardò e scosse la testa, poi allontanò con un gesto una mosca invisibile.

«È una cosa lunga e adesso abbiamo poco tempo, devo lavorare».

Capii che era una scusa: il pomeriggio Funny non lavorava, suonava il sax e registrava. Aveva una camera attrezzata e alle volte stava lì ore intere, mentre io ammazzavo il tempo come potevo e aspettavo la sera, sperando che non arrivasse.

La sera mi ha sempre intimorito: da bambina mi portava i fantasmi della nonna, le anime del Purgatorio!, da ragazza raspava sulla mia inquietudine, adesso mi tormentava coi ricordi. Anche Funny lo sapeva e spesso si affacciava.

«Un tè?»

E quando mi vedeva con lo sguardo perso nel vuoto o non gli rispondevo, mi offriva da bere. Era la sua terapia.

«Questo ti rilassa e ti aiuta a dormire».

Si sedeva sul divano, riempiva un paio di bicchieri, il suo due volte più del mio, e allungava il braccio sopra lo schienale. Allora mi accucciavo vicino a lui e buttavo giù. In genere era whisky, il liquore che preferiva: un paio e incominciava a parlare. Della sua infanzia o di quando era ragazzo, delle sue prime esperienze a Londra, ma anche di Nunzio, se glielo chiedevo. È così che ho saputo tante cose di lui. Spesso mi addormentavo mentre raccontava, lui mi copriva con un plaid e mi ritrovavo ancora lì la mattina.

La volta in cui andammo al Quo Vadis suonò per un paio di ore, poi mi raggiunse nello studio, riempì il solito bicchiere e si sedette davanti a me.

«Mi è venuta un'idea. Per la verità è da un po' che ci penso, ma oggi al Quo Vadis, parlando di Thomas e di Nunzio... Hai visto le sue fotografie, straordinarie! Ho pensato a una mostra: delle sue foto e della stampa di quel periodo, in parallelo. A partire dall'uccisione di Thomas. I giornali conservatori ne parlarono in modo vergognoso, gli altri con distrazione. Grandi titoli i primi giorni, poi silenzio. In fondo era un outsider Edward Spencer, un sognatore e un comunista. Nemmeno ai laburisti interessava. Ma se metti vicino le foto di Nunzio e la storia di Thomas allora capisci tante cose. Per esempio, che poteva avere le sue buone ragioni, e poi che forse non è stato un uomo inutile. Quello che alla fine mi piacerebbe dicessero di me».

Mi guardava, e io non sapevo cosa dire. L'uomo delle foto e delle storie che aveva raccontato non era più mio zio, e nemmeno uno del mio paese. Se avesse fatto il cameriere o il calciatore l'avrei capito, ma il «fotografo sociale», come diceva Funny… e gay… e a Londra… Nemmeno alla nonna si poteva raccontare la sua storia, perché le avrebbe preso un colpo, poveretta. Anche se ormai…

«Allora?»

«Non so, forse è una buona idea» tanto per rispondergli.

«Ma come mai non ci hai pensato prima? Sono passati dieci anni…»

«E tu perché non hai pensato di telefonare a tua madre, prima? Scusami. Volevo dire… che le cose vanno in un certo modo ed è inutile guardarsi indietro. Però potresti darmi una mano, per questo te l'ho detto».

«A fare cosa?»

«A organizzare la mostra».

«Non sono capace, non so fare niente».

Mi guardò in silenzio, riempì di nuovo il bicchiere e me l'offrì.

«Bevine un sorso, ti farà bene. Oggi mi hai chiesto che cosa significa che Thomas non era stato il primo a morire in quel modo. È così, per Nunzio non è stato il primo».

Vuotò il bicchiere e raccontò. Non molto, quello che bastava per capire, e a me bastava poco. Conoscevo quella violenza, nel mio paese l'avevo vista: scritta sui muri delle case, sulle porte che la notte si mettevano a parlare, nelle auto che andavano a fuoco. Nelle pecore sgozzate negli ovili o nei muli azzoppati. «Chi jiesti? Chi fu?» Anche nei silenzi di don Vincenzo e nelle prediche di don Nicola.

«Chi ammazzò quel ragazzo?»

«Non lo so, Nunzio non me lo ha detto».

Niente aveva mai una risposta laggiù.

«Come si chiamava?»

«Antonio, ma lui lo chiamava Nuccio».

E conoscevo la violenza della umiliazione che toglie ogni volontà, che fa accettare l'impossibile.

«Mio padre è un uomo della 'ndrangheta, è in prigione per questo».

«È come la mafia, vero?»

«Sì, forse…»

Cosa ne sapevo io? Studiare dovevo, prendere il diploma e sposare Francesco Scipuoti, questo mi toccava. Il resto, non sunnu cosi i fimmina.

All'improvviso mi misi a piangere, tutta la disperazione che avevo dentro e che nemmeno conoscevo, senza riuscire a fermarmi. Funny mi abbracciò.

«Scusami, non sapevo, ti chiedo perdono». Mi cullò, mi asciugò le lacrime e mi offrì un bicchiere di whisky. «Bevi, ti farà bene vedrai». Poi mi recitò una poesia di Dylan Thomas, *Poem in October*, che piaceva tanto a Nunzio.

Una voce bellissima la sua, quella sera, che saliva e scendeva come un uccello marino nel vento e portava via. Quando finì, Funny mi sorrise e mi prese la mano. Io lo baciai. Fui io, lui non si mosse. Poi gli salii sulle ginocchia e, forse per ringraziarlo o per allontanare l'odore di morte, forse perché avevo bevuto, feci l'amore con lui.

Dopo non so dire, perché mi addormentai e al mattino mi svegliai nel letto.

Quando venne a portarmi la colazione Funny era scuro in viso.

«Sono stato un idiota, imperdonabile, ma non succederà mai più, te lo prometto. Tu non mi devi niente e non devi niente a nessuno, solo a te stessa. Ricordalo».

Ci rimasi perfino male.

Ecco, Funny mi curò così, a modo suo, e dopo una decina di giorni gli dissi che lo avrei aiutato a organizzare la mostra: decidemmo per febbraio. Ma l'amore non lo facemmo più, mantenne la parola.

Mi accorsi di stare meglio perché mi tornò la voglia di

telefonare a nonna Carmela. I primi giorni l'avevo quasi odiata, pensavo che avrebbe dovuto morire lei che era vecchia e non mia madre, quarantasei anni in luglio. E poi quel «santa Rosalia» pieno di disprezzo che anch'io avevo condiviso e «noi dell'Aspromonte», buttato lì ogni volta che ci poteva stare... Non le perdonavo quello che non perdonavo a me e che non mi perdono ancora, ma con lei ormai ho fatto pace. Soprattutto per l'amore che portava a Nunzio e per la nostalgia che l'ha sempre tormentata. La nostalgia è il sentimento delle anime nobili e forti, dice Funny, per questo sono sicura che mio padre non la proverà mai. Ma nonna Carmela per Nunzio l'ha provata, fino alla fine.

«Come sta la nonna?» chiesi alla solita Virginia.

«Eh, come può stare? Ormai non riconosce più nessuno e solo di Nunzio parla, anche col gatto. Un'ossessione!»

Le chiesi di accompagnarla al telefono.

«Nonna, sono Annina. Annina tua nipote, ti ricordi?»

Udivo il suo respiro e un borbottio senza senso. Solo quando per disperazione le dissi: «Sono a Londra e ho trovato Nunzio», sentii il suo sorriso.

«Nunzio!» Il sorriso si allargò in una voce sottile, da bambina. «Nunziu, quandu torni?»

La salutai piangendo, lasciai a Virginia l'indirizzo e il numero e decisi di non chiamarla più.

Ritornai anche al corso di teatro, ma lo abbandonai subito. Avevo saltato quattro lezioni, faticavo a capire e la mia mente era ancora debole, non voleva impegnarsi. Anche il corpo sembrava fiaccato, una stanchezza strana, specie al mattino, e una fame improvvisa dopo giorni di nausee e di digiuni.

«Buon segno, ti stai riprendendo» mi diceva Funny e sul vassoio aggiungeva una nuova marmellata e dei biscotti.

«Mi vizi» gli dissi un giorno. «Nessuno mi ha mai trattata così, lo facevi anche con Nunzio?»

Si fece serio.

«Era lui che si occupava di me, io ero sempre impegnato».

«Allora ti amava molto».

«Non credo, mi era devoto, l'amore è un'altra cosa. Io l'amavo, ma lui… Era così bello e io così tremendamente pesante, *so heavy*… Lo vedi questo corpo? Lo stomaco, il ventre, adesso sono cresciuti, ma anche allora… Ero un masso informe e lui aveva l'eleganza dell'acciaio e un corpo senza età. Vieni».

Mi condusse nel suo bagno, una grande stanza rivestita di marmo bianco venato di grigio con una vasca rotonda al centro, quasi una piccola piscina, e una lunga finestra che custodiva tra i doppi vetri un giardino di orchidee.

Mentre l'ammiravo stupita, Funny indirizzò il mio sguardo sulla parete alla mia destra, occupata da una grande foto in bianco e nero di Nunzio, seduto al tavolino di un caffè. Era vestito di bianco, la camicia aperta sul collo e gli occhi chiusi. Aveva il viso rivolto verso il sole e un sorriso leggero sulle labbra.

«Gliela scattai all'improvviso, eravamo sulla Costa Azzurra all'inizio di settembre, la nostra ultima vacanza. Guarda il profilo! La bellezza è stata la mia dannazione, l'amavo al punto da diventarne succube e m'illudevo sempre di essere ricambiato. Mai accaduto, ho avuto amanti più giovani di me e tutti mi hanno spolpato. Nunzio no. Aveva un amante negli ultimi tempi, lo sapevo, ma sono sicuro che non mi avrebbe lasciato mai, avevamo progettato d'invecchiare insieme. E adesso?» Allargò le braccia e rise. «Adesso sono single e ho un amico. Niente d'impegnativo, ognuno vive a casa sua, il tempo dei sogni è finito. Solo per farsi compagnia».

28.

Questo amico si chiamava Vincent e per lui nutrivo la stessa simpatia che provavo per l'ortica. L'avevo sentito al telefono una volta soltanto, parlava a raffica e aveva chiuso la telefonata con una domanda incomprensibile.

«Può ripetere per favore?»

E lui l'aveva ripetuta tale e quale, alla stessa incomprensibile velocità.

Funny si era molto divertito.

«È pieno di complessi, purtroppo è nato a Belgravia...»

La battuta su Belgravia la sentii allora per la prima volta e parecchie in seguito. Funny scherzava spesso, ma sempre a modo suo e, per quanto grosso, quando prendeva in giro qualcuno era leggero e noncurante. Come un'alzata di spalle o una strizzata d'occhi, niente di offensivo.

Quello che vidi quella mattina fu un uomo alto, il viso stretto e lungo e le orecchie sporgenti: un tipico inglese dalla pelle bianchissima, che diventava aragosta quando arrossiva. Funny aveva rinunciato davvero alla bellezza. Faceva l'architetto e abitava a Belgravia.

«Il quartiere degli snob» diceva Funny ridendo «ma tu non farci caso, giudicalo solo come cuoco». Pareva infatti che fosse un mago ai fornelli.

Che fosse diventato un modesto architetto invece di un grande cuoco secondo Funny dipendeva dal fatto che era nato a Belgravia da genitori nati a Belgravia, e da lì non si era mosso.

«Dalle sue parti i cuochi devono avere capelli e occhi scuri o parlare con accento *cockney* per avere successo. Altrimenti si devono accontentare degli intimi».

Infatti a Capodanno accettò di esibirsi per noi e per un gruppo di amici e Funny ne fu entusiasta e per tre giorni sparì dal mio orizzonte, impegnato a cercare in tutti i mercati il meglio del meglio.

Alle nove del mattino della vigilia Vincent si presentò con una piccola valigia e una domanda: «Hai trovato tutto?»

Ascoltò il resoconto che gli fece Funny scorrendo un lungo elenco, approvò con la testa, qua e là qualche osservazione, e poi ci furono le presentazioni.

«Oh, sì, Annina…»

Diventò di fiamma, mi chiuse la mano in una stretta umidiccia e si ritirò in cucina con Alison, divieto assoluto di entrare. Non potevo credere che fosse lì per me, come aveva detto Funny, nessuno l'avrebbe capito dall'entusiasmo con cui mi aveva salutata. Ma nemmeno io ero ben disposta verso la giornata: odiavo l'idea di quella cena come odiavo tutto quello che mi ricordava i cenoni al mio paese. Sempre uguali e sempre nel solito ristorante sulla costa, le portate interminabili, la musica, gli scoppi a mezzanotte e il brindisi. E poi il ballo, mio padre che allungava la mano verso il sedere di qualcuna, mia madre seduta al suo posto con quella faccia stanca e io che dormivo con la testa sulle sue ginocchia.

Mia madre… In quei giorni ritornava sempre, come se volesse prendersi la rivincita, e io dovevo combattere fino allo sfinimento per cacciarla. Ma avevo deciso che basta, i venti anni che avevo alle spalle dovevo cancellarli e diventare un'altra, come aveva fatto Nunzio. Anche il vestito rosso l'avrei portato quella sera per l'ultima volta e poi mi sarei vestita di nero, una punk coi capelli corti e colorati. E quella era anche l'ultima cena di Capodanno, l'ultima volta che un altro decideva per me, anche se si chiamava Funny.

«Vincent mi ha concesso di entrare in cucina in via eccezionale. Ehi, cos'è quella faccia? Oggi è la tua festa, l'ingresso ufficiale nel club degli intimissimi di Funny».

E io m'immaginavo con cinque maschi di mezza età, copie di Vincent, intorno a una tavola fino a notte fonda!

Invece andò meglio del previsto e alle nove di sera ero nello studio con Funny, James e Lorna, «gli amici di Nunzio che sono venuti apposta per conoscerti», e l'abito rosso.

All'inizio fu come camminare sulle sabbie mobili di un pianeta sconosciuto, avanzavo a monosillabi e frasi spezzate, fino a quando Lorna non si avvicinò a me, alzò il bicchiere e toccò il mio con leggerezza.

«Felice di conoscerti. Non ci crederai ma volevamo molto bene a Nunzio e, quando Funny ci ha detto di te, ci siamo invitati da soli».

James era un medico e Lorna un'insegnante, studiavano l'italiano da alcuni anni e cercavano di parlarlo. Erano veramente gentili e ben disposti, complimenti al mio abito rosso e molti sorrisi, tutti mi parlavano con lentezza e annuivano aspettando la risposta, si sforzavano insomma e Funny riempiva i bicchieri soddisfatto.

Io ero ormai rilassata, più a casa qui che a casa mia, mia madre finalmente lontana e anche mio padre, l'Aspromonte e Claudio. Tutto sparito, come a sipario chiuso.

Arrivò Vincent vestito e profumato e ci sedemmo a tavola.

«Che meraviglia! Complimenti! A chi si deve la preparazione?»

«Ad Annina, è opera sua!»

«Non è vero, è stato Funny. Io ho solo aiutato».

Insomma, un buon inizio.

Arrivò il primo piatto, una specie di fondale marino di alghe e coralli sul quale ostriche, molluschi e piccole aragoste sembravano offrirsi senza alcun timore: prego, assaggiateci! Non sapevo che ci fosse il mare a Londra, non lo avevo mai incontrato. Solo hamburger, pollo fritto e *roast*. Anche *fish and chips*, ma non l'odore del pesce che ha ancora il mare dentro, il pesce che mia madre tirava su dalle cassette, uno alla volta, per magnificarlo. Presi un'ostrica viva e la feci scivolare in bocca. Quante volte! Avvertii uno strappo violento e lo stomaco mi risalì in gola. Mi alzai di scatto, spinsi lontano la sedia, e non ricordo altro.

Mi risvegliai su un lettino del pronto soccorso del St Charles Hospital con Lorna e James accanto. Erano le undici, mi spiegò lui sorridendo, e avevo dormito un po'. Forse avevo una leggera commozione cerebrale, «ma non è detto, vediamo».

Molto rassicurante.

«Cosa mi è successo?»

«Sei svenuta e hai battuto la testa contro uno spigolo. Violentemente. Ci hai fatto prendere un brutto spavento, ma ora va molto meglio. Ti è capitato altre volte?»

«No, ma mi sento debole».

Annuì. «Quando?»

«Soprattutto al mattino. Mi gira la testa, ho la nausea. E Funny?»

«È rimasto con gli altri, ma l'ho già informato. Brinderanno anche per noi, perché credo che non te la caverai così in fretta, devono farti i raggi».

Ce ne andammo da lì alle quattro del mattino, dopo avere sentito le esplosioni dei fuochi di artificio che salutavano dovunque la mezzanotte e avere assistito all'arrivo dei reduci di quei festeggiamenti, più o meno malridotti. Uno strano Capodanno, ma per fortuna nessuna commozione cerebrale, solo un cerotto vistoso sulla fronte.

«Riposo per qualche giorno» consigliò James a Funny «poi vorrei rivederla».

E Funny riprese a farmi da madre, finché gli dissi che ne avevo abbastanza e che volevo uscire. Insomma mi sentivo guarita e incominciammo a lavorare alla mostra.

Da James andai un lunedì mattina a metà gennaio, dopo parecchie sue telefonate e un leggero svenimento. Funny si offrì di accompagnarmi ma rifiutai, allora chiamò un taxi che mi portò in Sidney Street, in un ambulatorio grande e piuttosto elegante.

Lì scoprii che si chiamava Crew, dottor James Crew, disse la segretaria, e che era ginecologo. Scoprii anche, dopo una visita e un rapido esame delle urine, che ero incinta.

«Tra i quaranta giorni e i due mesi» disse James sedendosi al di là del tavolo. «È presto per dirlo con esattezza, ci vuole una ecografia. Quando hai avuto le ultime mestruazioni?»

Ero nel panico totale, incapace perfino di capire quello che mi stava chiedendo. Funny? O Claudio, la notte prima che me ne andassi, quando me lo ero trovato addosso? Non capivo, non mi sembrava possibile, le mestruazioni c'erano state, forse meno forti ma le avevo avute, lo giuro...

«Capita, i primi mesi ci possono essere delle perdite, per questo è difficile determinare una data e bisogna aspettare l'ecografia».

Mi guardava in modo professionale, distaccato e gentile, ma evitava d'incrociare i miei occhi.

«Naturalmente tu sai che hai la possibilità...»

«Non lo voglio, voglio abortire».

A Londra sola, e quest'uomo davanti... Non so niente di lui e mi ha frugato dentro con le dita. E adesso... Che cos'è un aborto, cosa mi faranno? Scoppiai a piangere, Dio che casino!

Sembrò leggermi dentro.

«Non preoccuparti, verrà fatto in ospedale in anestesia e non sentirai niente. Una giornata e sarai libera. Dovrai solo compilare alcune carte e aspettare la chiamata. Vedrò di sollecitare e se vuoi ti accompagnerà Lorna, sono sicuro che lo farebbe volentieri».

Mi offrì un bicchiere d'acqua, mi aiutò a riempire alcuni fogli, mi chiese se Funny poteva essere informato...

«No».

«Capisco. Allora diremo che quel giorno sei invitata da noi».

Dopo una mezz'ora mi ritrovai fuori, in Sidney Street, e m'incamminai a piedi verso casa. Impiegai un paio d'ore e

mi servirono tutte, fino all'ultimo passo, per convincermi
che quello era solo un incidente di percorso, una giornata a
casa di James e Lorna, e che tutto sarebbe continuato come
prima, a cominciare dalla mostra su Nunzio. Era sufficiente
non pensarci.

Tre giorni dopo telefonò Virginia per avvertirmi che
nonna Carmela era morta da una settimana e che avevano
già fatto il funerale.

«Perché non mi hai telefonato subito?»

«Ho provato, ma ha risposto una che non ci ho capito
niente. Allora, che cosa devo dirle?»

«A chi?»

«A lei, a Carmela. Mi ha fatto promettere che la dovevo
informare se venivi, per via di Nunzio».

«Nunzio?!»

«Sì, disse così: "Nunzio u figghjiu meu bellu che lo devo
rivedere". E aveva la testa sana quando lo disse».

29.

Quando informai Funny della telefonata della nonna e della mia intenzione di tornare al paese, annuì in silenzio. Non mi chiese se sarei rientrata a Londra e quando, e non fece una parola della mostra, disse solo che la nonna aveva visto giusto.

«Che cosa vuoi dire?»

«Domani capirai» rispose misterioso. Il giorno dopo chiamò un taxi e ordinò all'autista di portarci a Highgate Cemetery. Arrivati sul piazzale disse all'uomo di aspettarci, andò alla biglietteria e all'addetto che lo informò che la visita guidata incominciava più tardi rispose che avevamo fretta, un'altra volta. Entrammo.

Funny mi stringeva il braccio spingendomi avanti, sembrava quasi che volesse farsi precedere da me. All'improvviso disse: «Sono cinque anni che non vengo, chissà cosa troveremo» e furono le sue uniche parole.

Era una giornata di nuvole basse e scure, pareva che dovesse piovere da un momento all'altro e quel luogo non mi piaceva, mi dava un senso d'inquietudine. Non assomigliava per niente ai nostri cimiteri, piuttosto a quelli di certi film horror.

«Perché mi hai portato in questo posto?»

«È un cimitero monumentale, uno dei più belli di Londra. Fu realizzato nell'Ottocento, ci sono sepolti molti uomini illustri».

«Preferisco quello di casa mia, è più allegro».

Ridacchiò: «Chissà se Nunzio sarà d'accordo».

Non capii.

Dopo una curva del sentiero ghiaioso ci trovammo davanti un monumento diverso dagli altri, un'enorme testa

219

che poggiava su un piedistallo alto di granito scuro. E qui Funny si fermò.

«È la tomba di Karl Marx, per quello che ne so il padre del comunismo».

Indicò la testa grande: «E quello è lui».

Lessi la scritta: LAVORATORI DI TUTTO IL MONDO UNITEVI. «Siamo venuti qui per questo?» gli chiesi senza nascondere l'irritazione.

Cominciavano a cadere le prime gocce di pioggia, ero infreddolita, il giorno dopo dovevo partire e quella di Funny mi sembrava una stranezza incomprensibile.

«No, non per Marx, per tua nonna».

Girò dietro il monumento, si frugò nelle tasche del giaccone, estrasse qualcosa e con quello incominciò a scavare. Dopo un po' si rialzò e venne verso di me, tenendo tra le mani una cassetta ricoperta di terra.

«Per fortuna è intatta, possiamo tornare a casa».

Intanto la pioggia si era infittita e non era il momento delle spiegazioni: raggiungemmo di corsa il taxi e fino a casa non scambiammo una parola.

«Vatti a cambiare, che rischi di prendere freddo, e quando sei pronta raggiungimi nello studio».

Me la presi comoda, feci una doccia calda, mi rivestii e sistemai alcune cose nella valigia, poi scesi nel salone. Anche Funny si era cambiato e indossava il camice che metteva quando dipingeva o stampava. Era seduto sul divano, aveva acceso lo stereo e si era riempito il bicchiere con una dose abbondante di whisky. Quando mi vide entrare appoggiò il bicchiere a terra, si alzò a fatica, prese dal tavolo un oggetto e mi si avvicinò. Notai allora che aveva gli occhi lucidi e arrossati e gli tremava leggermente il labbro.

«Le ceneri di Nunzio» disse allungandomi la cassetta che aveva estratto dalla terra. «È giusto che le porti a sua madre, le aspetta».

La cassetta aveva la forma di una piccola casa col tetto spiovente ed era di marmo alabastro striato di verde. Su ogni lato una figurina in bassorilievo, un giovane nudo che piangeva, e su uno spiovente il nome scolpito: NUNZIO LO CASCIO.

«È la riproduzione di un'urna cineraria romana, la feci realizzare per lui. Aveva sempre detto che voleva essere cremato, non sopportava l'idea della decomposizione».

L'urna era leggera, ma mi tirava a terra con un peso insostenibile. La testa incominciò a girarmi e barcollai. Subito Funny mi afferrò il braccio e mi condusse al divano.

«Siediti, sei pallida come questo marmo. Sono stato uno stupido, prima dovevo prepararti. Quando Nunzio morì scrissi alla tua famiglia, in inglese purtroppo, e dissi del suo desiderio di essere cremato, ma non ricevetti mai risposta. Allora feci tutto io. Per un paio di anni ho tenuto l'urna nel bagno vicino alla sua foto, poi mi sono detto che non era quello il suo posto. Lui mi aveva raccontato tante volte della promessa fatta a Thomas di seppellirlo vicino alla tomba di Marx e di come si sentiva in colpa per non averla potuta mantenere, così ho pensato di portarci lui. Una specie di... compensazione, non credi?»

Non gli risposi, in quel momento avevo in mente il funerale coi garofani rossi e bianchi, la moglie bionda che fingeva di piangere, il pianto vero della nonna... e mio padre!! Mio padre dietro la bara, che sorreggeva la nonna e stringeva le mani a tutti, «Che bravu figghjiu! Poveru figghjiu!», e io accanto a lui; la lastra di marmo nera al cimitero con la foto e il nome, e la lunga cura della nonna per quella bara vuota. La vedevo nei suoi ultimi anni, lo scialle del lutto sui capelli che non volevano incanutire, arrancare verso il cimitero coi suoi fiori bianchi e rossi sfidando gli umori del cielo solo per lui, per quel figlio adorato che non era tornato vivo, ma era tornato.

E il mio rancore verso di lei per la sua durezza e la crosta di abitudini, che me l'avevano resa alle volte odiosa, si sciolse all'improvviso. L'accomunai a mia madre nell'inganno e questa volta il pianto fu una liberazione.

30.

Il pullman azzurro e grigio delle linee regionali mi scarica sul piazzale alle cinque di sera. Due ore da Lamezia Terme, quasi otto di viaggio. Siamo in due a scendere, io e un uomo anziano che prende verso il basso, gli altri li abbiamo seminati come i grani del rosario lungo un percorso interminabile di *stop and go*. Ho male alla schiena e un filo di nausea alla bocca dello stomaco, una volta non ci avrei fatto caso, adesso registro tutto. Sospiro di sollievo all'aria aperta e m'incammino per la breve rampa di strada e lungo le scalette che portano al paese.

Arrivo con un leggero ansito sulla piazza principale di fronte al municipio: è deserta, solo un paio di vecchi sulle panchine a godersi il breve sole di gennaio e il tramonto verso l'Aspromonte. L'aria è fredda e mi fa rabbrividire nel cappotto londinese. Mi fermo e appoggio la valigia. Qualcosa sembra guizzarmi dentro, un battito leggerissimo che mi fa sussultare. Non è possibile. E se avessi sbagliato data? Senza volere appoggio una mano sulla pancia e mi guardo attorno.

«Settatevi, signorina!» mi fa uno dei due. Ha in testa la coppola e fuma.

Anche prima della mia partenza i vecchi indossavano la coppola, fumavano e d'inverno cercavano il sole. Niente sembra essere cambiato. Lo guardo e non lo riconosco, nemmeno l'altro. Una volta i vecchi del paese li conoscevo tutti per nome, ma forse quelli sono morti e questi prima non erano ancora vecchi.

Due anni. Sono fuori da due anni e sembra una eternità.

«Settatevi» ripete, indicandomi la panchina vuota accanto alla sua. E intanto mi osserva attentamente attraverso la fessura degli occhi. Sento che si ferma sui capelli, rossi e dritti che sembrano la cresta di un gallo. Che è questo? E le orecchie? Cosa sono quei ferri che si è infilzata? Un porco mi sembra, quando viene appeso. Chi fimmina è mai chista?

Se mi siedo incominceranno le domande.

«No, grazie, ho fretta».

«Fretta?! E che fretta ci potete avere qui? Ccà nuggljiu ndavi prescia!»

L'altro annuisce e intanto scaracchia a terra con un lancio perfetto.

Ne ho abbastanza, prendo la valigia e m'incammino verso la locanda di zi' Venanzio. Lungo il corso passo davanti alla pescheria chiusa, «sigillo giudiziario», la fine dei Russo abbiamo fatto, ma non guardo le finestre di casa mia. Tanto lì non ci entro, la casa è solo piena di fantasmi.

Continuo, la strada adesso si restringe e svolta, in fondo c'è la chiesa delle Anime Sante e accanto la casa della nonna. Anche quella chiusa.

Abituata a Londra e alla sua vita, questo paese del silenzio mi si stringe addosso come una maglia umida sulla pelle, che mi fa rabbrividire. All'improvviso mi gravano addosso tutta la stanchezza del viaggio e la mia totale solitudine. Cosa ci sono venuta a fare qui? Ma quello che sono venuta a fare lo so dalla partenza.

La locanda di zi' Venanzio non è cambiata, è sempre la stamberga a quattro stelle che faceva ridere Sandro: gerani finti alle finestre, due tavolini ricoperti da tovaglie colorate di sudicio e il banco del bar con le bottiglie centenarie. Zi' Venanzio è seduto a un tavolino quando entro e mi guarda senza alcuna curiosità, non mi riconosce.

«Cosa volete?» mi chiede.

«Una stanza».

«Giustina!» gracchia con la sua voce fragile. «Giustina, vieni!»

Esce dal retro la moglie, più giovane di lui di una decina d'anni ma ormai ingrigita, che mi studia con sospetto. I capelli, i piercing alle orecchie, il cappotto fino ai piedi…

«Che volete?» Non rispondo e lei tira fuori di mala voglia un registro dal cassetto. «Per quante notti?»

«Due».

«Il pagamento è anticipato».

Mi viene da ridere pensando a quello che succederà tra poco.

«Va bene».

«Allora i documenti».

Guarda la carta d'identità e la sua faccia si trasforma.

«Annina! Annina Lo Cascio, a figghjia i Santinu! Non ci posso credere! Ma cosa ci fai qui? E ai capelli, che ti sei fatta ai capelli?» Continua a esaminarmi incredula. «E quelli?» Indica le orecchie.

«Sono venuta per mia nonna».

«Carmela? Ah, povera donna, quanto ha sofferto da quando le portarono via il figlio! Prima uno e poi l'altro! Ma il funerale fu bellissimo e lo volle tuo padre così! Un grand'uomo, Santino!»

Non rispondo, penso a Nunzio e ad Antonio, e la maglia umida si restringe ancora, mi toglie il respiro. Firmo il registro e prendo la valigia.

«Dammi, te la porto io» dice premurosa. «E perché non andasti a casa tua? Già, è vuota ormai, anche tua madre se ne andò…» Si mette la mano davanti alla bocca e mi guarda intimorita. «Sapisti? Non ci posso credere che sia finita così… Venanzio, a figghjia i Santinu!» strilla al marito sordo, che al nome di mio padre ha un sussulto.

«Mpamu chi fici a spiata ndavi a vita curta» sentenzia il vecchio senza guardarmi. E si rimette a fissare il vuoto.

Decido che partirò domani.

La camera che mi accoglie è fredda, non abituata agli ospiti, specie in questa stagione. Chiedo a Giustina una bottiglia di acqua calda, l'avvolgo in un asciugamano e stringendo quella m'infilo semivestita sotto le coperte. Mi aspetto di battere i denti per tutta la notte, invece il calore della bottiglia mi entra dentro lentamente: era il rimedio della nonna quando mi fermavo a dormire da lei. Lei e il nonno nella camera accanto, io nella cameretta che era stata di Nunzio. Nessuna foto sua, erano sul cassettone della nonna, ma le pareti interamente tappezzate da foto di campioni di calcio e delle sue squadre preferite. Ricordo che prima di dormire mi divertivo a pronunciarne i nomi a voce alta, in una specie di litania. E la nonna dall'altra parte della parete mi gridava che se non smettevo arrivava Ginuzzu 'u sguerciu a portarmi via.

In questa camera le pareti sono nude, solo due riproduzioni di Madonne incorniciate di scuro e un calendario con un'immagine dell'Aspromonte. Dovunque e sempre, per non dimenticare che siamo gente dura e non c'è posto qui per i mezzi uomini. Guardo l'urna che ho di fronte e cerco d'immaginare che cosa dirà la nonna domani quando verrà a sapere: maledirà mio padre o si dispererà per Nunzio?

Mi addormento senza accorgermene con queste domande in testa e mi sveglio a metà della mattina. Scendo e butto giù un caffè col latte.

«Non lo vuoi un po' di dolce?» chiede Giustina, spingendomi davanti un cornetto spolverato di bianco.

Calcolo l'età che può avere e rifiuto. Ma sento la nausea che galleggia a fior di stomaco e passo dal forno per un taglio di pizza. Ancora sguardi sbalorditi e indagatori ai quali non do risposta, avranno da parlare per un mese.

E arrivo al cimitero. Il breve viale di cipressi e ghiaia, la cancellata di ferro scuro e le fiaccole di pietra sui pilastri dipinti di bianco. Dopo la vista del mare e dell'Aspromonte il cimitero è forse la cosa più bella del paese. Da lontano intravedo la lastra di marmo nera della tomba e penso all'ultima volta in cui sono venuta con la nonna e abbiamo litigato. Sono passati sette anni e anche qui tutto sembra immutato. C'è perfino Maria nel piccolo chiostro dei fiori e mi sorride.

«Sei tornata» mi dice. «Tua nonna ti aspettava»

Maria parla coi morti, per questo non si meraviglia mai di niente.

Compero un mazzo di garofani bianchi e rossi ed entro. Ma non vado subito da lei: so che mi aspetta, ma prima devo fare un'altra cosa. Passeggio tra le tombe cercando un nome.

Eccolo: ANTONIO CIFOTI DI ANNI 19. Nient'altro. E la foto di un ragazzo riccio e sorridente su un campo di calcio.

Di anni 19... La maglia umida adesso mi stringe il petto e la gola, devo appoggiarmi alla lapide. Sotto di lui il nome di una donna: SERAFINA GERACI, INCONSOLABILE.

Cosa si prova ad avere un figlio ammazzato?

Rialzo la testa e respiro, uno, due, tre, prendere il fiato, alzare il diaframma, buttare l'aria fuori. Esercizi di dizione. Non è per lui che ti senti così, è perché sei incinta. La tomba è povera, una lastra bianca verticale e una piccola aiuola di pietra attorno. Il vaso dei fiori è rovesciato e vuoto. Lo riempio di acqua, lo fisso a terra con la ghiaia e sistemo i garofani bianchi e rossi. Metà per ciascuno esattamente.

«Sei contento?» chiedo allo zio Nunzio.

E adesso vado da lei.

«Ssettati!»

Raccolgo il cappotto sulle ginocchia e mi siedo sulla lastra nera, dove si è aggiunta un'altra scritta:

CARMELA DI SANTO VEDOVA LO CASCIO, DI ANNI 78.
MADRE E SPOSA ESEMPLARE.

«Ti ho portato questa» le dico estraendo l'urna di alabastro dallo zaino e appoggiandola sulla lastra vicino a lei.

La nonna annuisce.

«È lo zio Nunzio, voglio dire le sue ceneri».

«Lo so».

«Stava nel cimitero di Highgate a Londra, vicino alla tomba di Marx, ma Funny l'ha portata a casa e l'ha data a me. Ha detto che il posto suo era questo».

«E com'è?»

«Il cimitero?»

«No, Londra. Com'è grande Londra?»

«Talmente grande che non la puoi nemmeno immaginare».

Sospira: «Tante volte ho voluto andare, ma tuo padre me lo ha impedito sempre. Raccontami di Nunzio a Londra».

I suoi occhi adesso sono opachi come un cartone consumato, mi sistemo meglio e le racconto dello zio e di Funny Jack, di me e del bambino che incomincia a guizzare.

«Dunque sei incinta, e sei tornata».

Stranamente non mi fa altre domande, forse i morti non sono più curiosi o sanno tutto quello che gli serve.

«Non per restare, nonna, parto oggi. Vado a trovare mia madre e torno a Londra, stiamo preparando una mostra delle foto dello zio. Funny dice che poteva diventare un grande fotografo».

«A me piaceva di più se apriva un ristorante, è una cosa più sicura. Tua madre sta ad Acireale al cimitero, tuo padre qui non ce l'ha voluta. E ha ragione, qui tutti lo sanno che ha parlato troppo: ha rovinato la famiglia, e cosa si doveva aspettare?»

La guardo, ma sembra fatta della stessa pietra che la ricopre, più dura ancora.

«Stai forse dicendo che l'hanno ammazzata come quell'Antonio? È questo che vuoi dire?»

Mi alzo di scatto e riprendo l'urna.

«Ssettati!» mi ordina. «Nunzio l'ho aspettato per una vita intera e per una vita gli ho portato i fiori e ho pianto su una cassa vuota. Posala!»

Ubbidisco, e lei continua a parlare come se non ci fossi. I discorsi che solo i morti sanno fare.

«A me i comunisti m'hanno insegnato a odiarli, sempre. Tuo nonno li vedeva come la pece sugli occhi, tutti se li voleva mangiare. Mi ricordo che alla fine della guerra ci fu una rivolta e ci uscirono due morti: volevano la repubblica rossa e a noi bruciarono la masseria. E m'è toccato un figlio che s'è fatto seppellire vicino a quello! Chistu Marx era il capo, niru veru?»

«Lui ci credeva, nonna».

«Nunzio era un bravo ragazzo, tuo padre non lo doveva mandare lassù».

«Funny voleva portare le ceneri al paese, ma lui non ha voluto, non voleva che si sapesse. Meglio un funerale finto, come la sua vita».

«E ai capelli cosa ti sei fatta?»

«Li ho tinti, è la moda nonna. Ma anche tu... In questa foto quasi non ti riconosco, sei tutta nera!»

«Eh, avevo trent'anni!» Sospira. «La foto l'ho scelta io. "Mettetemi questa" ho detto a tuo padre "che vecchia e brutta m'hanno già vista troppo". Tanto qui dentro non ce n'è uno che sia come deve essere: tutti santi e madonne sono diventati, nessuno infame. E Nunzio poi... L'hanno proprio fottuto chistu figghjiu meu suo padre e i suoi fratelli!» Abbassa la voce: «E anche a me»

Prendo una sigaretta, l'accendo e tiro una boccata.

«Il fumo fa male o picciriggljiu». La spengo. «E come lo vuoi chiamare? Ci hai già pensato?»

Mi manca il coraggio di dirle dell'aborto e cerco una risposta: «Se è un maschio Thomas o Edward, allo zio Nunzio piacerebbe».

«E se è una femmina?» Non mi tentare, nonna, i nomi si danno ai vivi. «Tua madre aveva un bel nome, Agata. Dopo i capelli, quella era la cosa sua più bella».

La guardo stupita, è stata lei a cucirle addosso quel santa Rosalia e a cancellarle il nome, e adesso... Una femmina. A una femmina non ho mai pensato. Una femmina sarebbe solo mia, non di Claudio o di Funny, mia soltanto. E il nome Agata la farebbe contenta.

«Mettila qui» mi dice la nonna all'improvviso, «che ce l'abbia vicino almeno adesso. E sposta questi fiori che puzzano di morto».

Avvicino l'urna alla sua foto.

«Va bene?»

Non risponde. Passo una mano sulla lapide umida e l'accarezzo. È quasi mezzogiorno e la nebbia sta calando come un lenzuolo. Sento il suo fiato leggero sulla testa e giù lungo la schiena, rabbrividisco. Il cimitero ormai è deserto, tra poco arriverà il custode.

«Devo andare adesso, nonna».

«Aspetta… Io non sapevo niente di Nunzio e di tuo padre, lo giuro, solo qui ho saputo. Le femmine di casa niente devono sapere, questa è la regola. E tu hai fatto male a impicciarti».

Inutile discutere con lei. Di Antonio, del morto ammazzato, nemmeno una parola. Mi alzo e guardo un'ultima volta le due foto, la donna bruna e severa e il ragazzo sorridente.

«Perché mi hai dato i soldi, nonna?»

«Quali soldi?»

«Per partire, per andarmene a Londra».

«Non fui io, fu tua madre a darmeli. Mi pregò in ginocchio che li dessi a te, perché non aveva il coraggio. "Voglio che mia figlia abbia una speranza", ma aveva paura di tuo padre. Tua madre è sempre stata una santa Rosalia».

E tu non cambi mai, penso.

«Perché hai accettato?»

«Cosa vuoi dire?»

Il suo sguardo adesso galleggia nel vuoto, non sa dove posarsi.

«Perché hai accettato di consegnarmi quella busta?»

«Mi fece pena tua madre. E poi, se andavi a Londra,

potevi dirmi qualcosa di Nunzio mio. Hai detto che stava in un cimitero come un bosco, vicino a quell'amico suo?»

«Sì, nonna».

«E a Londra, come stava a Londra?»

«A Londra stava tranquillo, nonna. Stava normale, come dovrebbero stare tutti».

Alzo il bavero del cappotto e mi avvio per il vialetto verso il cancello. Ma lei mi richiama.

«Annina! E chistu Funny chi è? Nu ricchjiuni pure lui?»

«Un artista, un fotografo famoso».

«E a Nunzio gli voleva bene?»

Annuisco.

«Vivevano insieme, in una bella casa».

Come se non avesse sentito la mia risposta insiste: «Bene quanto?»

«Credo che gliene voglia ancora».

Adesso i suoi occhi sembrano guardare in basso, dentro la lastra nera.

«Tuo nonno non mi disse mai che mi voleva bene, per fottere non serviva».

Sospira e il suo viso incomincia a sciogliersi come un acquerello troppo bagnato. Mi accorgo allora che sta piovendo, sento le gocce colare dai capelli sul collo e lungo la schiena. Mi coglie un lungo brivido.

«Vattene» dice la nonna «l'umido alla creatura non fa bene, e riportati questa. Il suo posto non è qui, questo è per me che ci sto inchiodata, lui se ne andò e non volle più tornare. E fece bene. Tua madre non morì nell'incidente, si buttò dalla finestra della masseria. Parlava troppo e lì l'avevano rinchiusa. Riportalo a casa».

Adesso piange nonna Carmela, o forse è la pioggia che si è fatta più fitta e scorre sul vetro della foto o forse sono io. Mi avvio verso il cancello e nel momento in cui lo varco sento ancora la sua voce, alta e squillante questa volta, quasi da ragazza.

«Un figlio frocio e comunista e una nipote puttana!»

E subito dopo la risata, prima in sordina e poi in crescendo. Sale la risata di nonna Carmela e s'allarga, scuote le cime dei cipressi, rovescia i vasi leggeri e strappa i fiori secchi. Solleva le falde del mio capotto e mi spinge avanti.

«Vai, Annina» sembra dire. «Vai!»

Perché i morti, si sa, se ne fregano dei vivi e di ogni coerenza e bastano a se stessi. Come i matti.

ANGELA NANETTI
Il bambino di Budrio

«Una storia intensa e drammatica di un bambino, a cui sarebbe
bastato vivere una vita normale per essere felice».
Laura Ogna, *Giornale di Brescia*

Finalista alla prima edizione del premio letterario Neri Pozza 2013,
Il bambino di Budrio racconta la storia vera del tormentato rapporto
affettivo tra un maestro troppo ambizioso e un allievo dal talento
straordinario. Grazie a una penna sapiente e a una grande capacità
di ricostruire le ambientazioni e le atmosfere dell'Italia seicentesca,
Angela Nanetti si addentra nelle stanze proibite di papa Innocenzo
X e ci regala il ritratto memorabile di una creatura prodigiosa, in-
genua e fragile, cui viene rubata l'infanzia. Un romanzo che, pur
raccontando una vicenda lontana, ha nella voce dell'io narrante le
vibrazioni di una coscienza moderna.

«Angela Nanetti scrive il suo romanzo con una perizia storica che
alterna le voci in stile cinematografico. Il libro è una sceneggiatura già
scritta».
Giuseppe Anti, *Brescia Oggi*

NERI POZZA EDITORE

Finito di stampare
nel mese di giugno 2018
per conto di Neri Pozza Editore, Vicenza
da ⁂ Grafica Veneta S.p.A., Trebaseleghe (PD)
Printed in Italy